Serena Dandini

GRAZIE PER QUELLA VOLTA

Confessioni di una donna difettosa

Rizzoli

ISBN 978-88-17-05818-6

Prima edizione: aprile 2012

GRAZIE PER QUELLA VOLTA

A zia Lella

Magna!

«Magna!» è la prima parola che la mia mente ricordi. Dovevo essere molto piccola e la voce è quella di mio padre che con questo imperativo categorico mi invitava, a modo suo con affetto, ad assaggiare una salsiccetta fresca. «Magna, che è bona!» Avrò avuto cinque o sei anni e questo è solo il primo di una serie di «Magna!» che hanno accompagnato la mia esistenza.

E io ho magnato. Fichi maturi direttamente dagli alberi. Bomboloni con la crema sparati su un tappeto di zucchero da un razzo tipo Sputnik, fiore all'occhiello di una pasticceria di Ostia Lido. Ricotta calda appena scodellata nella capanna del pecoraro alle porte di Roma, dove papà ci portava entusiasta la domenica prima dell'alba, quando la città dormiva ed era ancora tutto buio.

«Magna, prova, assaggia, succhia!»: quest'ultimo ordine perentorio era riferito in particolare alle capocce di gamberi o a quelle ancora più ostili delle "pannocchie", specie di crostacei rosa pallido che si pescano dove il Tevere si butta a mare. Questa sottomarca di mazzancolle è saporitissima ma irta di aculei respingenti. Imparare a ciucciarle era una prova di forza estrema: per raggiungere quel succo squisito bisognava sopportare l'impatto con una cresta preistorica che feriva le labbra e il palato, una sorta di rito ancestrale come quelli a cui venivano sottoposti gli adolescenti prima di essere dichiarati adulti. Sempre meglio del rito di iniziazione della tribù Chumash della California meridionale, che prevede l'ingestione di formiche rosse vive, una razza particolarmente fastidiosa di insetti che ama mordicchiare tutto quello che trova a portata di mascella: se lo stomaco rimane integro e si sopravvive, c'è la speranza di diventare grandi. Ora capisco perché è insito nella razza umana il desiderio di non crescere mai! E questo è uno dei motivi per cui mi ritengo fortunata ad aver visto la luce sotto l'ombra del "cuppolone", dove si usa mettere in croce un povero cristo ma agli altri è richiesta solo la presenza.

«Magna! Che fai? Lasci quello? È la parte più bona! Devi impara' cos'è il meglio nella vita!»

Lo scopo non era malvagio ma le buone intenzioni non sempre giustificano i mezzi. Non è poco che un padre ti insegni cosa c'è di meglio nella vita, anche se la sua hit parade risultava piuttosto monotona. Al primo posto «Magna'», al secondo «Magna' con gli amici», al terzo «Magna' con una bella signora», al quarto «Beve e magna' in compagnia». «Magna'» l'ho già detto? Ma non posso che ringraziarlo con tutto il cuore per questo allegro decalogo che continua a servirmi nel mio percorso esistenziale.

Per cominciare, una donna che mangia con appetito piace agli uomini. Quasi sempre. Le eccezioni vanno evitate con cura. Diffidate degli scettici che inorridiscono quando gustate con le mani le spuntature d'abbacchio con contorno di patate al forno. Sono maschi pericolosi, che vi vorrebbero anoressiche e insicure per dominarvi meglio. Minano la vostra autostima a colpi di critiche sulle forme umanissime che vorreste sfoggiare con disinvoltura. Lasciateli subito prima che sia troppo tardi, per voi.

Di solito mangiare di gusto al primo incontro mette di buon umore l'eventuale partner che vi ha invitato a cena. E, anche se non gliela date quella sera stessa, non subirà l'umiliazione di pagare un conto salato dopo aver visto il prezioso cibo distrattamente abbandonato nel piatto. Tra l'altro, vedendovi bere allegramente, si convincerà di aver raggiunto il suo scopo: brille come siete, cederete di certo a qualche avance. Come sempre ha fatto male i suoi calcoli, ma questa ingenua sicurezza lo renderà gentile ed educato almeno fino a quando non gli sbatterete la porta in faccia sotto casa. Piccoli stratagemmi per sopravvivere in una giungla di nuovi cafoni che, con la scusa del femminismo, vogliono farvi pagare a metà pure il parcometro per la macchina.

Allora «Magna!». Ma senza esagerare. Non voglio spingervi all'abbuffata continua, che quasi sempre getta il genere femminile dentro un tunnel di rimorsi senza ritorno. Ma tifo per un po' di indulgenza in più, almeno per disobbedire alle privazioni imposte da una taglia maniacalmente sotto la 42. Tutte le donne sanno che il loro corpo è un terreno di battaglia molto delicato e spesso cadono vittime del fuoco amico, ovvero di se stesse. Abbiamo imparato a essere masochiste per necessità e così non trascuriamo nessun mezzo per farci del male.

Ma che senso ha sacrificarsi così tanto per rientrare in qualche modello che passerà di moda quando sarete riuscite a raggiungerlo? C'è un esercito di ricordi piacevoli che ci vengono in aiuto per sostenere il partito del cibo, meno raffinati delle madeleine proustiane ma non per questo meno intensi. Ognuno di noi conserva in un luogo imprecisato della memoria il sapore del suo *comfort food* di riferimento, quello a cui ricorre quando è particolarmente triste e spaesato. Non c'è medicina migliore di un certo sugo di casa o di quella torta di mele calda con la crema della ricetta tramandata in famiglia.

«Ma nell'istante stesso in cui il sorso di tè, frammisto a briciole di dolce, toccò il mio palato, trasalii, attento a qualcosa di straordinario che mi stava accadendo. Un piacere delizioso mi aveva invaso, isolato, senza ne sapessi la ragione. Mi aveva reso immediatamente indifferenti le vicissitudini della vita, inoffensivi i suoi guasti, illusoria la sua brevità, allo stesso modo in cui agisce l'amore, riempiendomi di un'essenza preziosa [...]»

Così Proust, con la sua prosa ipnotica, ci invita ad abbandonarci a questa antica esperienza che ci sorprende ogni volta che le nostre delizie preferite si posano sul palato.

Per incanto vi rilassate e il mondo con tutte le sue rudezze scompare all'orizzonte, mentre endorfine sconosciute vi portano in volo verso la vita che vale la pena di essere vissuta. Tra tutti i sensi, pare che solo l'olfatto e il gusto siano collegati all'Amigdala e all'Ippocampo, che non sono divinità etrusche ma due parti ancora molto misteriose del nostro cervello, dove risiedono ricordi ed emozioni. Come non cogliere questa straordinaria opportunità? Naturalmente "se magna" per molto meno. Rivendico il diritto alla mia libertà e alla mia dose di cioccolato e vino. Amen. Voglio liberarmi dalle catene ma anche dalle fasciature gelate all'hamamelis che dovrebbero rassodare i miei glutei. Voglio essere libera dalla tisana che provoca tristi rigurgiti esofagei. Anche il prosecco non fa bene, ma vuoi mettere? Liberateci dal male ma non dal pane. E così sia.

Questa è la preghiera del mio ristretto circolo di amiche ribelli, congiurate clandestine che hanno strappato da tempo la tessera della palestra. Non voglio demonizzare per sempre yoga, pilates e diete varie, ma ridimensionarli, riportarli tutti insieme nella zona che meritano, ovvero non al centro della mia esistenza. Ho visto donne sfiancate dell'Ashtanga, ossessionate dal Tai Chi Chuan, rinsecchite dalla dieta Dukan, a zona, a punti, a banane, a pane e acqua. Non criminalizzo il benessere sostenibile ma maledico la smania insostenibile che negli ultimi anni ci ha condannato a un'eterna giovinezza fino a novant'anni. Voglio liberarmi dalla guêpière a vita, dall'autoreggente anche in fila alla posta, indossata perché non si sa mai... Che meschina figura mi toccherebbe fare se mi prendesse un colpo proprio stamattina e in ospedale si accorgessero che porto un triste collant? Potrei morire, se non fossi già morta. L'imperativo categorico è essere sexy sempre e comunque, anche a costo di sprofondare nel ridicolo e poi nuotarci dentro.

Ma se le nostre madri erano arrapanti con il mutandone nero sopra a un pagliaio, perché noi dobbiamo strisciare sotto la dittatura del push up? Che poi, quando te lo sfili, rivela il trucco in tutta la sua verità, vi ricordate la favola di Cenerentola? La carrozza a una cert'ora ritorna sempre zucca.

I maschi, in natura, sono più semplici di quelli patinati che vediamo immortalati sulle riviste specializzate, poveri esseri costretti in corpi unti e plasmati, ossessionati dagli addominali obliqui e dal giro del mondo delle zone erogene. Visto che ce ne frega poco della sua irreprensibile tartaruga scolpita, sono sicura che anche l'esemplare uomo è attratto dal nostro mistero sessuale, senza le tette rifatte a tutti i costi; anzi, mi suggeriscono i più informati che quella morbida pesantezza naturale non è mai dispiaciuta a nessuno. Zigomi a palla e labbra da boa segnaletica hanno devastato il nostro immaginario sessuale, le donne ci sono cascate tanto quanto gli uomini. Leopardati, strizzati, smutandati sembriamo tutti artisti del porno senza possederne purtroppo le invidiabili qualità.

È necessaria una dura rieducazione estetica che, a piccoli passi, ci aiuti a uscire dal tunnel di Barbie e Ken e ci insegni come si fa a ritornare belle persone. O persone belle.

Nel jeeppone di Gheddafi in fuga nel deserto libico i ribelli hanno trovato alcuni effetti personali, la sua inseparabile pistola d'oro e le sue creme idratanti.

È mai possibile abbandonare in tutta fretta il palazzo, rischiando la vita, perdendo il potere, la stirpe e la gloria, lasciando dietro di sé i propri ricordi, la famiglia... senza però dimenticare l'idratante per pelli grasse contro i radicali liberi? Sono dettagli che ci raccontano come siamo ridotti. E, mentre affermo con orgoglio la mia estraneità, osservo riflesso nello schermo del computer un collo pieghettato: è il mio, inguaribile, se non grazie a un lifting salvifico che allontano come un amaro calice, almeno fino a domattina.

Appendice

Nel frattempo sgranocchio una mandorla, è buona e fa bene alle ossa. Il parmigiano pure, ma solo in piccolissime dosi, mentre il mirtillo rosso pare sia miracoloso per la circolazione. Perché l'amatriciana non fa bene al cuore? E il gin tonic non migliora la qualità della pelle? Il vero scandalo è che tutte le squisitezze fanno male a qualche parte del nostro corpo.

Mai che si sentisse dire che l'insalata russa cura il fegato o che la panna montata è un toccasana contro la colite. Questa è una vera ingiustizia che non riesco a digerire, mentre tutto il resto mi va giù che è una bellezza.

Ci sono però leggende metropolitane che segnalano eccezioni che noi applaudiamo con entusiasmo. La signora Gianna, di anni novanta, beve vino a pranzo e cena, mangia solo cibi che impennano il colesterolo e fuma come una ciminiera, «... e se la vedi è più vispa di noi!». Che sia più vispa di noi ci credo, ci vuole poco; che sia un esempio da seguire non ci metterei la mano sul fuoco. Ma una cosa è certa: le generazioni precedenti erano più forti, forse sono cresciute con un cibo più sano e in un mondo meno inquinato, ma è chiaro che hanno sviluppato una resistenza a noi sconosciuta. Dormono solo tre ore a notte, sopportano per giornate intere nipotini ciccioni e viziati, sborsano tutta la pensione per mantenere la famiglia e moriranno senza vedere il loro Paese liberato da un'interminabile sequenza di politici corrotti. Roba da uccidere un cavallo e invece loro reggono, s'indignano, s'informano, commentano e rompono le scatole a chiunque capiti a tiro. Sono querce nodose che sostengono decine di rami fronzuti senza nessuna difficoltà. Credo che uno dei problemi più devastanti per il debole sviluppo delle ultime generazioni sia stata la diffusione dei sofficini, ci hanno ingannato con quell'aria bonaria e il sorriso di mozzarella. Non dovevamo farli passare, quel sorriso è stato il primo passo verso l'abisso: nessuno sospettava che saremmo arrivati alla pizza margherita guarnita con patatine fritte e wurstel. Eppure è successo. E ora siamo fritti.

Le cose

«Oggi che abbiamo tutto, non abbiamo più niente.
I nostri figli hanno solo molta roba che costa poco e non vale nulla.»
Edoardo Nesi

Gli scienziati studiano ogni fenomeno. Se vi abbonate a una rivista come «Nature» o a un altro dei loro periodici preferiti scoprirete meraviglie inesplorate e le risposte a tanti nostri interrogativi insoluti. Quello che personalmente mi sta più a cuore e mi regala notti insonni riguarda il mondo degli oggetti, le "cose" che ci accompagnano nel nostro trafficato quotidiano e di cui non possiamo più fare a meno.

Non so voi, ma io mi circondo di oggetti, troppi, con i quali ho un rapporto discretamente conflittuale. Un ricercatore americano molto accreditato ha calcolato che, in media, un essere umano passa quaranta giorni della sua esistenza a cercare oggetti personali che non trova. Non quaranta giorni di seguito, naturalmente, ma sparpagliati nell'arco dell'intera vita. Io sono decisamente fuori media e quel tempo lì mi serve a malapena per rintracciare le chiavi di casa. Se poi aggiungiamo tutte le ore spese per correre dietro alle sigarette, all'accendino, al rossetto, agli occhiali da vista e/o da sole, al passaporto... si arriva almeno a un intero anno solare. Senza contare le ricerche straordinarie come la risonanza magnetica del ginocchio, la dichiarazione dei redditi del 2001, gli scarponi da sci o la denuncia di furto di quella vecchia automobile-che-vi-è-stata-rubata-molto-tempo-fa-e-ci-hanno-fatto-una-rapina-a-mano-armata-di-cui-siete-accusati-con-minaccia-di-arresto-immediato-se-non-ritrovate-all'istante-la-prova-della-vostra-innocenza-che-era-in-quello-stipetto-e-ora-misteriosamente-non-c'è-più.

«Che strano?! Eppure ero sicura di averla messa lì, mi ricordo benissimo...» Credo di aver pronunciato almeno un milione di volte questa inutile frase che ribadisce il nostro rapporto di sottomissione nei confronti di cose inanimate che dovremmo dominare e di cui invece siamo totalmente schiavi. La ricerca scientifica sulla prestigiosa rivista imputava questa dispendiosa perdita di tempo alla nostra memoria precaria, superficiale, distratta, come sempre accusata di ogni misfatto esistenziale.

Eh no, cari professori, troppo banale, la mia teoria è completamente diversa e decisamente rivoluzionaria. Non è colpa nostra se non ritroviamo le cose. Perché? Ma è chiaro: sono le "cose" che non si fanno trovare! Ormai è certo, gli oggetti si spostano da soli!

Non sono l'unica ad aver constatato questa semplice verità scientifica e potrei affrontare un congresso di luminari sull'argomento. Gli oggetti si muovono, non sempre, non tutti, ma appena possono lo fanno. Quante volte siete andati a rovistare a colpo sicuro dentro il terzo cassetto del comò dove avevate nascosto, in fondo in fondo, dietro ai calzini, quei cento dollari in pezzi da dieci avanzati da un viaggio negli Usa e non li avete trovati? Lo so che ci capiamo, episodi del genere si verificano ogni giorno, in ogni casa di ogni città. Sono estenuanti ricerche che a volte coinvolgono tutta la famiglia creando nervosismo, accuse reciproche e segreti crolli di autostima che finiscono con veri e propri insulti davanti allo specchio. Ma non è colpa vostra. Non siete voi che avete dimenticato il nascondiglio dei dollaroni, sono loro che si sono spostati, precisamente dentro le vecchie scarpe da tennis in fondo all'armadio, luogo senza dubbio meno banale e meno attraente per degli eventuali ladri.

I soldi lo sanno da sempre che i ladri prediligono il terzo cassetto del comò, volevano solo aiutarvi.

Un'altra certezza scientifica ribadisce che gli oggetti non amano essere abbandonati di notte nella borsa di una donna: forse hanno paura del buio o soffrono di claustrofobia. Io lo so che non è facile abitare nelle mie borse e li capisco. Onesti portafogli possono ritrovarsi a contatto con briciole di ciambellone fatto in casa, forcine arrugginite e rametti di rose in attesa di trapianto, il tutto misto a tabacco e noci sgusciate. Per forza poi mi succede di non ritrovare la mattina quello che ero sicura di aver lasciato la sera. Di solito, appena vi addormentate, gli oggetti più coraggiosi escono da quel guazzabuglio e vanno in cerca di ambienti più congeniali, ecco perché il telefonino ricompare dentro al bidet o i tampax in frigorifero. Non siete voi che avete la testa tra le nuvole, come alcuni maligni suggeriscono, sono i vostri oggetti che hanno finalmente trovato una *exit strategy*.

Per non parlare dei telecomandi della tv. Un mio amico malfidato ha legato il suo con un elastico alla spalliera del letto per prevenire ogni tentazione: non c'era giorno che l'impertinente non si prendesse delle libertà, scivolava giù dal comodino e girava tutta la notte per casa per poi perdersi nei luoghi più strani. Che questi indispensabili cambia-canale a distanza abbiano un pessimo carattere ormai è risaputo. A chi non è capitato di appostarsi dietro la porta del salotto per spiare il suo telecomando mentre si allontana furtivo dal tavolinetto preposto e si va a nascondere malignamente tra le pieghe del divano? Con l'elastico si è tutto risolto. Ora che il poveretto ha solo mezzo metro di catena per i suoi giretti notturni rimane sempre in zona, al massimo si butta dietro la spalliera per assaporare l'ebbrezza di un bungee jumping, ma niente di più. Almeno così mi assicura il mio amico Walter, che vuole brevettare la trovata.

Alcune cose hanno una forte mania di protagonismo: mi riferisco in particolare agli scontrini del bar sotto casa, inutili pezzetti di carta non detraibili che se li porti dal commercialista ti disprezza e ti aumenta l'onorario. Eravate sicuri di aver gettato lo scontrino della colazione nel cestino della carta straccia, eppure poco dopo ve lo ritrovate in bagno sul bordo della vasca, lo buttate di nuovo e ricompare mezz'ora dopo sul tavolo dell'ingresso, che vi stia chiedendo di uscire? Il povero scontrino ci perseguita come un bambino capriccioso che non vuole obbedire, mentre la fattura del meccanico da mille euro perfettamente detraibile sparisce misteriosamente nei meandri di qualche valigia senza fondo abbandonata in un soppalco.

Alcuni oggetti sono lunatici. Io per esempio non ho mai capito le lampadine, vengono meno sempre nei momenti più inopportuni. Un secondo prima diffondono diligenti i watt d'ordinanza e un secondo dopo, senza un ragionevole motivo, si fulminano. Paf. Finite per sempre. Perché un momento prima sì e ora no? Inutile tentare rianimazioni furiose attaccandosi all'interruttore in un accendi e spegni frenetico. Quando sono andate non c'è più niente da fare. Possono offrire ancora qualche lampo di speranza ma è ormai evidente che le stiamo perdendo. Naturalmente sono le otto di sera, il negozio di materiale elettrico è già chiuso e il cassetto dove conservate le riserve è inspiegabilmente vuoto. Tutte le lampadine, a bulbo, alogene o a led, sono scappate insieme a un rave party di luminarie e non torneranno fino a domani mattina. Conviene rassegnarsi e accendere una candela. «Ma dove sono finite? Erano qua!»

Gli oggetti sono dispettosi, ricercano attenzioni, si divertono alle nostre spalle, d'altronde come biasimarli vista l'esistenza monotona che sono costretti a condurre nelle nostre case stracolme di inutilità? Siamo sempre attratti da "cose" nuove e ci stanchiamo presto dell'ultima cianfrusaglia che abbiamo comprato, ci sembrava indispensabile fino a ieri eppure già stamattina ha perso ogni fascino.

Vecchi oggetti di buona fattura sono costretti a contendersi la nostra simpatia lottando contro inutili orpelli senza qualità se non quella di essere gli ultimi arrivati. Chiediamo alle "cose" di cui ci circondiamo la comprensione e l'affetto che ci manca. Vogliamo essere intrattenuti, distratti e consolati da gadget senza vita che possiedono l'enorme vantaggio di non chiedere mai niente in cambio, se non un po' di manutenzione.

Ecco perché noi umani siamo arrivati a preferire gli oggetti alle persone. Ma questa debolezza ci ha preso la mano. Non siamo più noi che possediamo le cose, sono ormai le "cose" che ci possiedono.

Pur sapendo tutto questo, io faccio fatica a buttare le robe inutili. Anzi, di solito io non butto niente.

È molto grave, lo so, l'ho capito alla prima casa di defunti che ho dovuto svuotare. È un'operazione dolorosa che stramazza il cuore, si è costretti a ficcare le mani nell'intimità di persone che ci sono state care e ora non ci sono più. Ma sono rimaste le loro cose che ci raccontano le vite trascorse più di tanti elogi funebri. Quel portachiavi a forma di pallone da calcio, mezzo ossidato, abbandonato in fondo al cassetto della cucina; la collana di perle di Maiorca con il filo spezzato, che ha atteso per anni nella bustina di plastica che qualcuno la portasse a rinfilare... E adesso? Devo buttarla tutto d'un fiato o conservarla con tenerezza? Certe sedute sono più toste di ore di analisi freudiana, se ne esce distrutti e quando a sera si torna a casa propria si comincia a guardare con sospetto gli oggetti che abitano con noi. Si pensa immediatamente a chi toccherà un giorno fare quel lavoro infame di selezione e pulizia e si inizia a buttare tutto come dei forsennati. O almeno eliminiamo subito indizi inquietanti che non vorremmo lasciare ai posteri, come il pupazzo di Gargamella da cui non vi siete mai separati o il biglietto di un vecchio concerto di Claudio Baglioni.

«Ma come, non ci aveva sempre raccontato che a quindici anni ascoltava solo i Rolling Stones?»

Vai a spiegare da morta che a quel concerto ci sei andata solo per accompagnare una tua amica innamorata pazza di Baglioni, ma a te non ha fatto né caldo né freddo, insomma diciamo tiepido?! C'è sempre un po' di meschinità privata nei nostri cassetti, ben nascosta tra un vecchio modello di telefonino e qualche pila scarica. Meglio eliminare i reperti scomodi su due piedi e non lasciare traccia.

Eppure io non riesco a liberarmi delle "cose". Ho scoperto, sempre nelle riviste scientifiche che frequento da quando i quotidiani mi mettono l'ansia, che bisogna stare attenti a non cadere in una sindrome che si può trasformare in malattia grave. Il nome medico è "disposofobia" e si riscontra quando l'accumulo di cianfrusaglie nella propria abitazione supera la soglia di sicurezza. C'è anche una specie di scala Richter di questa ossessione: l'ultimo stadio, quello da ricovero, sopraggiunge quando si rischia di rimanere sepolti vivi dalle proprie cose. È un'immagine abominevole che dovrebbe far riflettere: sembra un assurdo eppure c'è una casistica sterminata che non riguarda solo persone molto anziane e sole a cui succede di sostituire l'affetto mancante con oggetti inanimati, ma anche individui insospettabili che si nascondono dietro l'ipocrita affermazione: «Non si sa mai, mi potrebbe servire».

All'idea di separarci da una vecchia rivista o da una medicina appena scaduta ci prende un'angoscia come se dovessero tagliarci un braccio. Non si riesce a buttare via nulla, ogni cosa sembra essenziale per il precario equilibrio della nostra esistenza. Ma se solo si ragionasse un attimo risulterebbe chiara l'impossibilità che un domani ci torni utile un biglietto d'invito per i saldi di fine stagione di due stagioni fa o il cavatappi con le tette che ha ormai un braccio solo (quello spezzato, prima di perdersi definitivamente era stato conservato per anni in un altro posto, nella speranza di un ricongiungimento futuro che non potrà mai più avvenire).

«È un peccato buttarlo!» è invece il mantra che spesso accompagna gli accumulatori seriali che accatastano cose fingendosi generosi e buoni di cuore. «Metto da parte per poi regalare tutto ai poveri e alla Caritas!» Non credetegli, stanno mentendo.

Gli psicologi vanno a nozze con questo "disturbo", ci fanno convegni alle Bahamas e tra un'aragosta Thermidor e un'altra ci spiegano che chi è affetto da *compulsive hoarding* non sa crescere, proprio come un bambino che vuole possedere tutto quello che vede. Di solito queste riunioni di esperti finiscono in allegria, tutti d'accordo nell'individuare come principale responsabile la famosa "fase anale" – che tutti abbiamo passato ma alcuni pare ci siano rimasti per sempre – e poi champagne per tutti.

Non c'è classe o categoria sociale che sia esclusa da questa epidemia. Non è la qualità delle cose che si accumulano a fare la differenza. Se i poveracci si circondano di torsoli di mela usati, i super-ricchi si abboffano di mercanzie firmate che neanche scartano dopo l'acquisto. Pare che l'attrice?... cantante?... insomma la "famosa" Lindsay Lohan abbia rivelato durante un programma televisivo che ogni angolo della sua casa è letteralmente ricoperto di scarpe, vestiti, migliaia di scatole e pacchi, frutto di uno shopping furioso. Un accumulo così esagerato da impedire i movimenti da una stanza all'altra; gran parte di questa merce ha ancora l'etichetta e probabilmente non sarà mai usata. Non ci muove a pietà questa creatura che, guarda caso, è grande amica della sua collega di arti varie Paris Hilton. Ma è interessante constatare come questa malattia così diffusa sia presente più che altro nel Nord del nostro mondo occidentale bulimico e consumista. In America ci sono, come per ogni sindrome moderna, metodi infallibili per aiutare gli accumulatori anonimi. Team di supporto super-specializzati vengono chiamati con un numero verde e ti aiutano a buttare le cose superflue e a ridare priorità ai tuoi effetti personali. Ti prendono per mano e ti convincono con molta pazienza che puoi sopravvivere senza le vecchie canottiere bucate, ti separano con delicatezza da tutti i biglietti usati del cinema o del tram che avevi nascosto sopra l'armadio. Piano piano pare che si esca dal tunnel.

Vorrei avvalermi di uno di questi esperti, specialmente nella fatidica operazione del cambio di stagione. Quello è un momento ideale per liberarsi del surplus. Una regola aurea stabilisce che un vestito non indossato per almeno due stagioni, al terzo inverno vada regalato. Consiglio per esperienza personale di agire in fretta, d'istinto, ficcare tutto in una busta non trasparente e consegnare subito a un amico fidato il bottino degli indumenti scartati. Se si lasciano lì per qualche giorno è inevitabile che uno ci ripensi: butti un occhio a quel maglione di lana andina che ti ricorda il primo bacio o la prima canna e a quel punto è finita. Piano piano, una cosa alla volta, si recupera il malloppo e non si butta via più niente.

Evidentemente certe fragilità sono ereditarie. Quando ci è toccato svuotare la casa dei miei genitori, abbiamo impiegato mesi. Mia mamma non era certo una *compulsive hoarder*, ma a qualche debolezza aveva ceduto. Ho trovato un'enorme scatola di biglietti di auguri e felicitazioni che coprivano una cinquantina d'anni di inviti e feste; nastri e fiocchi di tutti i regali ricevuti, le candeline dei nostri compleanni e le scatole di cioccolatini dorate e preziose che aveva avuto in dono nel tempo.

C'è chi conserva per preservare la propria identità, privato delle cose che ha posseduto si sentirebbe perso, senza passato. Perché è fragile. Mamma era così, appena disegnata a matita, semitrasparente e se si fosse liberata di tutte le "cose" che la circondavano sarebbe scomparsa definitivamente.

Di tutt'altro carattere papà. In cima all'armadio abbiamo trovato una sua valigia piena di cambiali, i famosi pagherò del boom economico, "farfalle" come si chiamavano negli anni Sessanta. Le abbiamo fatte volare nel cassonetto in allegria, tanto erano scadute.

L'interpretazione dei sogni senza Freud

I miei sogni notturni svaniscono come la panna montata spray quando te la spruzzi in bocca. Faccio fatica a ricordarli. Se è vero, come dice Prospero nella *Tempesta* di Shakespeare, che noi siamo fatti della stessa sostanza dei sogni, io sono fatta di materiale molto fragile e deperibile, che si dissolve al primo sorso di caffè.

Non avendo mai frequentato un analista, mi chiedo come facciano i pazienti a ricordare per filo e per segno la loro vita onirica, dettagliando ogni passaggio con un'infinita ricchezza di particolari. Mi raccontava un mio amico, paziente fisso dei lettini freudiani, che lo psicanalista gli consigliava di tenere sempre una penna e un foglio sul comodino per appuntare appena sveglio i suoi film notturni. Bisogna fare presto, battere sul tempo la coscienza che, riemergendo come un'inarrestabile marea, farà piazza pulita di tutto quel materiale evanescente.

Ho provato anch'io questa tecnica, ma giusto per piacere personale, puro divertimento da condividere al massimo con qualche amico fidato. «Ho fatto uno strano sogno stanotte» è sempre un buon inizio per una piacevole conversazione. È di grande conforto affidarsi all'interpretazione di un dilettante che, al contrario dell'austero professore laureato in Psicologia, ti è sinceramente affezionato e traduce ogni mistero notturno in qualcosa di estremamente positivo per te e per il tuo futuro. Lo ammetto, è una soluzione più vicina all'oroscopo di «Astra» che alla scienza praticata da Jung, ma molto più rassicurante.

Ultimamente, però, la frequentazione di massa dei dottori della psiche ha trasformato tutti gli italiani in grandi esperti nel campo. Un po' come per le partite di calcio quando gioca la Nazionale e trovi dappertutto allenatori più preparati del ct designato ufficialmente. Così può succedere che al bar, la mattina, mentre stai gustando la tua prima colazione, se ti scappa da dire: «Stanotte ho sognato che avevo la casa allagata», stai certo che subito ti arriva l'interpretazione espressa del barista in persona: «Che te lo dico affa'?? Lo sai no, che l'acqua è er simbolo dell'inconscio, evidentemente c'hai bisogno de sfoga' quarcosa che t'è rimasto dentro... se poi hai sognato pure che cadevi nel vuoto, so' cazzi acidi!».

C'è ormai una cabala non scritta, un prontuario popolare dell'interpretazione dei sogni che farebbe rivoltare Sigmund nella tomba, ma che viene snocciolata anche da irreprensibili intellettuali nei salotti più snob. Se posso scegliere, preferisco di gran lunga la versione allegra e colorita del bar sotto casa.

Forse tendo a non ricordare i miei sogni perché sono un tantino banali e me ne vergogno un po'. Anche se il grande Sigmund, nel suo libro-totem, ci ricorda che «Il sogno non si occupa mai di inezie; non permettiamo alle quisquilie di disturbarci nel sonno.

I sogni apparentemente innocenti si rivelano maliziosi, quando ci si sforza di interpretarli». Sarà sicuramente così, ma che gusto c'è a raccontare al tuo analista che hai sognato di portare il cappotto beige in tintoria perché aveva una macchia di rossetto sul collo? Spesso sogno scene molto simili alla realtà, talmente simili che non mi sembra neanche di aver sognato. Lo scarto tra il momento da sveglia e quello a occhi chiusi è così sottile da sfiorare l'avvilimento. Mi succede di sognare che sto cenando davanti alla tv o che sto tornando a casa in macchina, situazioni di nessun interesse nella vita quotidiana, figuriamoci in quella immaginaria. Infatti quando mi capitano questi inutili sogni mi sveglio più stanca di prima, specialmente se ho guidato nel traffico metropolitano per tutta la notte. Invidio fortemente chi vive i suoi sogni in un castello fatato, abitato da draghi buoni che lo aiutano a raggiungere la torre dove di solito incontrano un/a uomo/donna bellissimo/a eccetera eccetera. Pensate a Dorothy del *Mago di Oz* che si era sognata tutta la favola, compreso l'Omino di latta e lo Spaventapasseri. Quando si sveglia nel suo lettuccio candido è contenta come una Pasqua e vorrei vedere, nottetempo è pure riuscita a comporre *Over the Rainbow*, un successo discografico planetario da far invidia ai Pooh e ai Beatles messi assieme.

Se proprio mi va bene, io al massimo sogno di volare. Possiamo dire che è l'unico sogno ricorrente che ricordi con precisione. Quello che prontamente confesserei alla dottoressa di Marzullo, se mai me lo chiedesse. Ma non volo nell'alto dei cieli come l'Ippogrifo, mi libro a un metro da terra o poco più. Spicco il mio volo da una piccola altura e mi butto tremebonda come un uccellino quando si slancia per la prima volta dal nido.

Con grande meraviglia, dopo aver sbattuto le braccia, in forse sul mio destino, supero per magia la forza di gravità e comincio a farmi strada nell'aria. Più che volare nuoto a bassa quota, volo come un'aquila appesantita ma insomma volo.

Al massimo posso arrivare all'ultimo piano di un palazzo e guardare le strade dall'alto, non ho una tenuta elegante né una resistenza che mi permetta trasvolate oceaniche, ma nel mio piccolo, tra quelle nuvole basse, mi sento immensamente felice.

Purtroppo questi piccoli sogni avvengono quasi sempre di mattina, poco prima di svegliarmi, o almeno mi ricordo solo quelli. Dico purtroppo perché è stato notato da studiosi del settore che il sogno di volare è più frequente nelle prime ore del mattino e si spiegherebbe con il normale aumento della pressione arteriosa nei minuti che precedono il risveglio. Si tratterebbe insomma di un sogno che nasce da uno stimolo fisico e non da una pulsione erotica, quindi non mi spetta neanche la soddisfazione di entrare nel grande albo dei sognatori in preda agli slanci dell'eros, una categoria di pazienti molto ricercata dagli analisti di tutto il mondo, che non vedono l'ora di sbizzarrirsi con meravigliose interpretazioni edipiche dei più inconfessabili desideri inconsci. Mi dispiace, ho provato, ma non sono mai riuscita a sognare roba forte come cactus, serpenti, cetrioli eccetera. Se è vero quello che ci assicura

Schopenhauer affermando che i sogni e la vita sono pagine dello stesso libro, non sono messa benissimo.

O possiedo un super-io severissimo che mi censura ogni impulso o il mio inconscio è completamente piatto come un mare in bonaccia.

Il nostro adorato cane Nina sognava di correre, almeno così credevo, visto che nel sonno agitava le zampe da ferma, in una frenesia virtuale accompagnata da svariati mugolii. Restava immobile sul posto ma si vedeva proprio che stava correndo con entusiasmo verso una meta; la mia personale interpretazione dei sogni "del cane" individuava nell'inconscio di Nina l'evidente desiderio di acchiappare una volta per tutte il gatto rosso della vicina che ogni giorno la fregava sul più bello zompando veloce al di là del muro. Evidentemente anche Nina sognava la sua piccola vita quotidiana proprio come me... vuoi vedere che ho l'inconscio identico a quello del mio cane? E anche se fosse? Tutto sommato non la troverei una cattiva notizia.

Finale vigliacco

A questo punto ho deciso che è meglio non agitare le acque profonde della mia coscienza. Non mi piacerebbe che emergessero a sorpresa dei mostri sconosciuti, non ho nessuna voglia di conoscerli né tantomeno di domarli. Specialmente adesso che ho raggiunto a fatica un precario equilibrio di sopravvivenza: se dormono là sotto da anni, perché andarli a disturbare proprio ora? Gli analisti sono utili quando si è giovani e ancora si può riparare qualcosa. Ma a una certa età si fa pace con i propri difetti e ci si convive tra alti e bassi, proprio come succede a ogni coppia pluricollaudata. Sono un po' vigliacca, direte voi. Sì, è vero, ma sono in buona compagnia.

Io piango

Io piango per le cose più impreviste. Mi commuovo facile. Cerco di resistere ma mi si inumidiscono le ciglia ai matrimoni, anche a quelli dei parenti più lontani, naturalmente ai funerali e, se ci capito per sbaglio, piango anche alle cerimonie di perfetti sconosciuti. Deve essere la forza del rito studiato appositamente per aprire le cateratte dell'umanità, le mie in particolare.

Sono la cavia prediletta dei film costruiti per farti sciogliere in lacrime esattamente dove è previsto dagli sceneggiatori. Il mio imprinting è stato *Dumbo*: ho singhiozzato più di una volta per l'elefantino con le orecchie troppo grandi e ancora adesso mi avvicino al dvd con molta precauzione. Ma ho anche rotto gli argini sul finale di *Toy Story 3*, quando Andy e Woody si salutano per sempre: impossibile resistere. All'inizio è un piccolo sussulto, solo un nodo alla gola, ma poi se vedo qualcun altro che si commuove accanto a me è la fine e parte l'alluvione. Piango volentieri ogni volta che rivedo *Come eravamo*. Non lo faccio solo per Barbra Streisand e Robert Redford e la loro impossibile storia d'amore ma anche per tutte le altre unioni sfortunate, per le incomprensioni dell'ultimo momento che affliggono gli amanti, per quell'equivoco che ti cambia la vita con una deviazione fatale.

Quando si piange come fontane è bene farlo da soli, in privato o al massimo con un ristretto gruppo di amici di provata lacrima. Evitate le situazioni pubbliche e gli insolenti che fanno i duri e poi si sciolgono di nascosto per banalità come *Love Story*.

Non mi vergogno di questa attitudine, anzi, esternando la mia debolezza ho scoperto di non essere sola. C'è un esercito di persone che non desidera altro che lasciarsi andare alla commozione, e anche parecchi uomini oggi confessano tranquillamente di essere soggetti a questa sindrome.

Ogni occasione è buona: si piange a una nascita, leggendo un libro, pensando a un bel ricordo lontano, ma io mi commuovo fino alle lacrime per molto meno. Mi succede alle premiazioni, quando gli attori o i registi ringraziano la famiglia e in particolar modo la moglie, «Senza di lei non sarei mai riuscito a conquistare questo ambìto riconoscimento». Anche se so benissimo che dietro a questa frase ce n'è una molto più lunga: tra le righe vogliono dire che se non la ringraziano quella li uccide perché ha sopportato mugugni, giornate nere a fare caffè e panini mentre l'artista ciabattava per casa senza ispirazione, e ha pure dovuto perdonare una scappatella con l'attrice protagonista, ma in quel momento serviva per entrare nel personaggio e ci sono entrati pure troppo, però alla fine hanno vinto questo cazzo di premio e quindi se lo merita più lei che il genio in questione. So tutto questo, eppure mi intenerisco davanti al farabutto sdolcinato e penso che non ci sia niente di più sexy di un bugiardo seriale se è un galantuomo nei momenti che contano. Diciamo che il femminismo non è riuscito ad aggiustare proprio tutti i complicati sistemi autolesionisti di noi ragazze.

Io mi commuovo quando riascolto le canzoni beat italiane degli anni Sessanta. Non per i testi ma solo per come suonano i dischi. C'è tutta l'innocenza di una registrazione con pochi microfoni, solchi grossi tracciati sul vinile, fatti per essere scavati come una zappa dalla puntina del giradischi. Lontano mille miglia da ogni sofisticazione contemporanea, che neanche le chiama più canzoni ma tracce – «Hai ascoltato la terza traccia?» – e già la parola ci fa venire in mente ombre, fantasmi, qualcosa di intangibile e irreale che può vagare nell'aria o scomparire per sempre. A risentirli oggi i complessi, così si chiamavano i gruppi musicali dell'epoca, fanno tenerezza perché sembrano arrivare dal pleistocene della musica e mi fa piangere quel desiderio di modernità e di futuro che erano sicuri di rappresentare. Invece è andato tutto diversamente da come si immaginavano e cantavano. «Sha-la-la-la-la piangi con me, domani forse cambierà, vedrai.» Forse, ma anche no, e infatti... Sconsigliato vivamente ascoltare le stesse canzoni nei programmi televisivi di revival, interpretate dagli stessi musicisti invecchiati che sono costretti a ricantare all'infinito lo stesso ritornello di quell'estate, incoraggiati dal giovane presentatore abbronzato che sadicamente continua a dirgli che sono rimasti gli stessi. Non è vero, loro lo sanno e il pubblico anche. Qui si piange, ma non di commozione.

Mi succede di struggermi un po' tutte le volte che si spezza il tempo alla fine dell'estate: c'è un giorno preciso in cui si capisce che quella stagione è andata e subdolamente ne parte un'altra. Potrà tornare il bel tempo ancora per molti giorni, ma non sarà più lo stesso. Tutti ancora a fare il bagno, a rosolarsi in spiaggia, ma qualcosa è cambiato per sempre, è finito un momento che non tornerà, perché la prossima sarà sicuramente un'altra estate e mi viene da piangere senza un motivo reale ma solo per l'idea dei cambiamenti ineluttabili, non perché è brutto ma proprio perché è bello.

Fin qui ancora siamo nei limiti, ma io posso arrivare a degli estremi che tracimano nella malattia. Esagero, vado oltre, e arrivo a commuovermi per cose ridicole, senza senso: per esempio, mi si spezza il cuore per la polvere che viene cacciata di casa nella pubblicità dello straccio per i mobili. Avete presente quell'enorme batuffolo di zozzeria che esce tristemente dalla sua abitazione? È un'immagine molto forte, l'incolpevole viene esiliata per sempre e si allontana mogia e solitaria con la sua piccola valigetta, affranta come in un finale di Charlie Chaplin. È solo un mucchio di pulviscolo abbandonato al suo destino, eppure, quando si volta per salutare la sua padroncina che ha deciso egoisticamente di volere l'appartamento lindo e pinto, non posso fare a meno di intenerirmi.

Invece, stranamente, non sopporto i cuccioli di peluche. Fanno tenerezza a tutti ma non a me. Non so perché ma mi danno ai nervi, e con loro tutte le persone che se li tengono in macchina, sulla scrivania, come portachiavi o addirittura in bella mostra sul letto. Mi verrebbe da sbudellarli con un cacciavite come in un film horror. E poi ridere di loro.

Tempo sospeso

Vi è mai capitato di arrivare in aeroporto e scoprire che il vostro volo è stato brutalmente cancellato? Non ci sono notizie certe e il prossimo aereo disponibile partirà più o meno tra otto/dieci ore. Siete all'estero, inutile tornare in città, dove avete già lasciato l'albergo. La linea aerea consiglia subdolamente ai signori passeggeri di attendere nell'aerostazione, magari avviene il miracolo e si parte prima del previsto: non succede mai. Ma anche solo un'eventualità su un milione vi tiene incollati alla zona partenze: rimanete lì con gli occhi sempre fissi al tabellone elettronico che riporta indifferente l'unica parola inglese che ormai tutti conosciamo: *cancelled.*

Aspettare per dieci ore? In questi casi tutti i passeggeri si fanno prendere dal panico. I più doppiopettuti danno subito in escandescenze, prendendosela con eventuali responsabili governativi, e ringhiano minacciando licenziamenti a raffica. Gli steward li guardano con tenerezza, sono già tutti precari. C'è chi si mette a capo di uno sparuto gruppo di ribelli e pretende il buono pranzo, l'albergo, un po' di *argent de poche* per le piccole spese e qualche rivista porno per ingannare il tempo. Altri telefonano a casa piangendo, ma la maggioranza entra in uno stato taciturno di depressione profonda. Non manca mai un ragazzo loquace che vi racconta nei dettagli come, a causa del ritardo, perderà l'amore della sua vita. È così noioso che non si capisce come non l'abbia già perso, ma questo evitate di rimarcarlo. La modella con il tacco dodici è uscita di testa e il rimmel comincia a colarle sulle gote rimpolpate di filler e strisciate di fard. C'è un'aria generale da fine del mondo. Tutto il gate è in fibrillazione.

Io no. Fingo partecipazione mentre ascolto le notizie nefaste, mantengo per educazione la tipica espressione afflitta che si indossa nelle gravi contrarietà ma dentro di me sale piano una gioia leggera: la tengo segreta per non venire linciata davanti al check in numero 12. Sono felice perché si è aperta inaspettatamente davanti a me una distesa rassicurante di tempo sospeso, all'improvviso è piombato dal cielo questo spazio regalato, senza doveri o incombenze. Un fiume di ore che non rispondono a nessuna regola e che non hanno padroni, ma sono solo mie. Ogni responsabilità svanisce nell'aria condizionata. Inutile forzare il destino, sono costretta ad aspettare, il volo è stato cancellato. Ripeto come un mantra queste quattro deliziose parole: «Cause di forza maggiore».

Io ho un debole per le cause di forza maggiore. Come quando in montagna scoppia un temporale inatteso e invece di tornare a casa si decide di rimanere a dormire nel rifugio: cena squisita, coperte improvvisate e la vita prende subito un'altra piega. Amo gli imprevisti che cambiano le carte in tavola. Dirottare la giornata mi procura una gioia segreta.

Mentre i passeggeri ribelli si battono per la loro Coca-Cola garantita, un'eccitazione infantile mi carica di una nuova energia, sono gentile con tutti, amo il mondo, nulla mi può turbare, mi sento leggera proprio come quando da piccola mi accucciavo sul sedile di dietro della macchina dei miei genitori e non dovevo far niente, solo lasciarmi trasportare. Mi portavano al mare, in montagna, in gita. Non era importante la meta ma quel momento protetto dal mondo, la famiglia rinchiusa in una capsula spaziale metallica, tutti insieme in pochi metri quadri rivestiti in finta pelle: un istante perfetto, come fosse per sempre. Era anche quello un tempo sospeso alleggerito dagli obblighi e scandito dalla radiocronaca del campionato di calcio. Una volta le partite si giocavano solo la domenica e tutte alla stessa ora, una meravigliosa bolla spazio-temporale, specialmente per chi non era interessato al gioco e poteva godersi senza intromissioni quella zona franca scandita dalla voce del telecronista che, con la sua cantilena, ti invitava al sonno.

Improvvisamente l'arrivo di una hostess tutta infervorata mette in pericolo la mia felicità, ma per fortuna è solo un falso allarme. L'aereo che ci deve riportare a casa ancora non è partito dall'altra destinazione in capo al mondo. C'è tutto il tempo.

Mentre i passeggeri imprecano intorno a me, io mi risveglio e assumo i connotati del Buddha. Cammino circondata dalla mia aura di impunità e sorrido a un orizzonte lontano, oltre il duty-free che tra poco avrò il tempo di visitare con comodo. Mi farò spruzzare tutti i nuovi profumi francesi e con molta calma valuterò la sottile differenza tra le varie fragranze, senza l'ansia che possano chiudermi l'imbarco. Fuori il mondo con le sue responsabilità, i suoi doveri, le domande e le risposte; io invece qui, immersa in un liquido amniotico, senza preoccupazioni. E in questo stato d'animo m'incammino serenamente verso lo stand del massaggio cinese. Vi siete mai chiesti che ci stanno a fare manicure e massaggiatrici in mezzo al caos di un aeroporto? Mi sembrava impossibile farmi manipolare i piedi così, davanti a tutti... eppure, una volta provata quella poltrona meccanica dove ti sdraiano come un bambino, tutto diventa chiaro. Non c'è niente di più rilassante dell'assaporare questi benefici mentre il mondo intorno a voi si affretta come un formicaio impazzito. Il piacere è proporzionale all'ansia degli altri, che trascinano enormi bagagli a mano e buste di souvenir acquistati all'ultimo momento, una quantità di roba che – a occhio – non gli faranno mai imbarcare.

Sono tutti in affanno non solo per la fatica, ma perché sanno che sta per arrivare il vero spauracchio di ogni viaggiatore: quella gabbietta in uso, specialmente nelle compagnie low cost, per misurare la grandezza della valigia. I poveri passeggeri la temono perché solo passando questo esame umiliante si conquista il privilegio di sistemare le nostre care cose sulla cappelliera sopra il sedile. Vi siete rifiutati con orgoglio di spedire il bagaglio, siete sicuri che finirebbe per dileguarsi nei meandri degli aeroporti internazionali, eventualità ahimè sempre più frequente, perdita considerata al pari di una vera disgrazia.

Ma le linee aeree sono diventate severissime e se tentate di spingere a forza con calci e pugni la vostra valigia dentro quella maledetta gabbia di ferro i responsabili, scuotendo la testa, vi bocciano senza appello. Per loro puoi passare solo se scivola via facile come un coniglio da un cilindro.

«Aspetti, stava quasi per entrare, mi dia ancora una possibilità! La prego, non me la faccia spedire, tolgo qualcosa e me lo metto in tasca?» (In una delle tante tasche, visto che indossano già quattro giacche una sull'altra). Niente da fare, sono irremovibili. Il dramma è che a volte la sacca deforme che volevate far passare per bagaglio a mano rimane incastrata in quella diavoleria misura-valigie e non esce più. Lì si comincia a sudare, mentre la fila dei passeggeri dietro di voi rumoreggia innervosita. Il tipo della compagnia aerea non fa nulla per aiutarvi, ed è proprio in quei momenti che vi convincete che con questa umanità non andremo da nessuna parte, che il mondo non potrà mai migliorare finché esistono persone infami come quello steward. Vi trascinano insieme alla valigia colpevole e a tutta la gabbietta verso il tapis roulant, dove vi separate a forza dal vostro bagaglio che scompare eroico nel buio. Lo salutate come un parente che parte per la guerra, con il forte sospetto di non rivederlo mai più.

Ma tutto questo universo scalmanato, visto dalla poltrona elettrica del massaggio cinese, è a impatto zero sulla vostra emotività. C'è ancora tempo per una manicure accurata, con messa in opera di smalto da scegliere nella nuova gamma dei colori stagionali: rosso tramonto, balletto russo, o il sempre classico rouge noir. E per finire un salto al corner dei formaggi tipici, dove le signorine preposte vi offrono assaggini dei vari prodotti locali accompagnati da un bicchiere di rosso della casa. C'è la connessione internet e l'edicola con i giornali di tutto il mondo, lo stand dei cioccolatini e, in alcuni aeroporti, addirittura delle chaise-longue con vista sulla pista di decollo, un vero spettacolo, mille lucine colorate che vi scaldano il cuore come una luminaria di paese. Ed è lì che approdate, con il cappotto sulle gambe e una rivista di gossip spagnola, dove per fortuna non riconoscete neanche un vip, e la felicità completa è quasi raggiunta.

E viceversa

C'è un tempo sospeso che invece è inquietante e spaventoso, pochi secondi d'inferno che sembrano un'eternità.

Succede quando vi trovate davanti all'obiettivo di una macchina fotografica. Non è importante se fate parte di un gruppo di famiglia a un matrimonio, se siete la vittima predestinata di un fidanzato fotoamatore dal clic facile o se casualmente vi trasformate nel soggetto privilegiato di un fan che desidera immortalarvi nella sua collezione. Il fenomeno si presenta comunque. Voi gentilmente acconsentite alla foto e impostate quel mesto sorriso da istantanea, un'espressione che dopo anni di pratica esce misteriosamente sempre malissimo, ed è a quel punto che avviene l'inverosimile. Il tipo che deve scattare si blocca, o almeno così vi pare, perché il momento sembra non finire mai, e infatti non finisce. Le vostre guance si paralizzano cercando di mantenere alzata la bocca ridente e il mondo si ferma insieme a voi. Non vola una mosca. È un momento eterno che spiega la teoria scientifica dell'infinito. Con lo sguardo fisso al muto occhio meccanico cominciate a far volare i pensieri e tutta la vita vi scorre davanti come nell'attimo prima di precipitare al suolo. Vi torna in mente persino quella volta che avete litigato con la fioraia del vecchio quartiere perché le bloccavate l'entrata con la macchina. Bisognerebbe prepararsi una lista di ricordi decenti per non cadere nella terribile eventualità di ricordare solo sciocchezze, negli ultimi istanti della vita. L'universo rimane appeso a quel maledetto indice sconosciuto che si ostina a non compiere il semplice, stupido gesto del clic fotografico. Il vostro viso è ormai in paresi conclamata. Sono passate ere geologiche quando, finalmente, rompete l'incantesimo e domandate qual è il problema. Esattamente in quel momento parte il flash e la foto è fatta. Ma è venuta mossa perché parlavate e bisogna farne un'altra.

E l'infinito si riapre come un eterno incubo davanti a voi.

Tristesa

Cos'è questa *tristesa* con la esse che ti assale quando meno te l'aspetti? Non è poetica né auspicabile, è uno stato d'animo di serie B. Il contrario perfetto e simmetrico della struggente malinconia, sentimento nobile che ti riempie di miele e tenerezza. La tristesa no.

È la cenerentola delle emozioni, meno famosa e per niente eroica, provoca solo un certo fastidio, misto a pena e ridicolo. È una roba quotidiana che arriva all'improvviso come una zaffata di odore di fritto in una rosticceria da poco.

Ci riempiono di tristesa cose irrilevanti, inutili, che non riescono a scomodare emozioni più altolocate. Nulla a che vedere con l'elegante *saudade* portoghese, che riesce a ispirare memorabili poesie e strazianti canzoni: qui si parla solo di una minutaglia a cui non vale la pena dedicare neanche uno stornello, dettagli dell'esistenza che non cambiano i destini dell'umanità ma ne pregiudicano l'instabile umore.

Un esempio eclatante della sua pochezza sono i fantasmini. A chi non è capitato di provare una leggera fitta di dolore alla vista di questo reclamatissimo indumento semi-intimo? Se al primo appuntamento con un esemplare maschile che vi era sembrato affascinante e degno di uno sguardo più accurato vi cadessero gli occhi in basso, verso quelle astronavi che usa come scarpe da ginnastica, e scopriste che indossa i fantasmini, l'impatto sarebbe devastante. La prima reazione è la fuga repentina. Subito dopo cambiate scheda telefonica o inserite al posto del suo nome la parola "Pericolo" con la suoneria dello *Squalo*. Una donna può accettare difetti e picchi di carattere ombrosi e polemici, a volte è disposta addirittura a perdonare un tradimento, ma il fantasmino no.

Per chi non li conoscesse, i fantasmini sono quella sorta di copripiedi invisibili che si indossano con le scarpe da tennis, quasi invisibili perché un bordino incriminato sbuca sempre fuori e tradisce il suo padrone. Gli uomini che li indossano emanano una profonda tristesa, molto più delle donne: non chiedetemi perché, ma ogni tanto qualche vantaggio cade dal cielo pure sul genere femminile. Il fantasmino è il momento più basso dell'estetica maschile, siamo alla fine dell'impero dell'"uomo che non deve chiedere mai", alla ritirata di Russia di ogni attrazione erotica. È un indumento che si indossa prevalentemente d'estate ed è persino peggio del calzino corto bianco, che almeno è sincero nel suo autentico squallore. Già solo il nome, "fantasmino", evoca qualcosa di piccolo e sciocco: un'infanzia dimessa, ristrettezze economiche talmente gravi da non potersi permettere un calzino intero ma solo un accenno. I portatori di fantasmini generano forti sospetti nelle persone che li frequentano. Impossibile non pensare che siano uno stratagemma meschino per nascondere peccati molto più gravi di cui vergognarsi, come l'insostenibile odore di piedi tramortiti dalla gomma di scarpe decotte dal sole. Perché in piena estate non si indossano dei freschi sandali? Quale insulsa cocciutaggine ci costringe a far soffocare le nostre estremità dentro camere a gas dal design aerodinamico? Pensate se i Bronzi di Riace avessero indossato questa patetica fasciatura elastica: nessuno farebbe la fila per vederli. E non c'è altro da aggiungere.

Sempre rimanendo nel settore abbigliamento, altri portatori di questo mesto sentimento sono i vestiti quotidiani dei cantanti d'opera. Tenori e baritoni, quando sono "in borghese", indossano capi oggettivamente brutti, fonte di immensa tristesa. Li vediamo spesso ripresi quando sono alle prove senza i costumi di scena e ci provocano un languore malinconico. Gli artisti della lirica possiedono maglioni informi imitazione Missoni e mocassini color banana con fiocchetti, mentre le possenti soprano prediligono gonne a pieghe di lana cotta, camicette di flanella con overdose di sbuffi e fiocchi e décolletés marroni tacco due, o peggio stivali scamosciati con le frange. Forse esiste un unico negozio monomarca specializzato in “Abbigliamento Per Artisti Della Lirica Quando Sono Alle Prove”. Se fossi un agente di cantanti d’opera sconsiglierei vivamente ai miei assistiti di farsi riprendere quando fanno la prova generale o nel backstage mentre si scaldano la voce in un pomeriggio qualsiasi prima della prima. Rischiano di perdere ogni fascino e qualunque autorevolezza. Quando poi li vediamo finalmente vestiti da Radamès o celeste Aida non sono più credibili, ci ritorna sempre in mente quel maglione con i pelucchi e la macchia di cappuccino e veniamo inondati da questa smisurata tristesa. Come si può credere al dramma della Traviata se l’abbiamo vista indossare dei jeans a vita molto alta, guarniti di tasche da esploratore e una molletta reggicapelli di plastica gialla? Nessuno conciato così ci può trascinare in un turbinio di passioni, e saremmo assolutamente d’accordo con il padre di Alfredo che fa di tutto per togliersela dai piedi. Chi è preposto a farci sognare ha delle responsabilità pesanti e non può fare come gli pare.

Ma il campo della tristesa si allarga a ogni attività della nostra vita mortale, nessuno ne è esente.

Mi fanno tristesa i convenevoli nei camerini dopo una serata teatrale. È un momento lungo e difficile, non si vede l'ora di tornare a casa o di fuggire al ristorante prima che chiuda la cucina. Eppure bisogna fare questi complimenti, sennò chi vi ha invitato potrebbe pensare che lo spettacolo non vi sia piaciuto e che siete scappati per l'imbarazzo. Allora vi mettete rassegnati in fila tra ammiratori, amici e conoscenti per queste benedette congratulazioni. Anche se la serata vi è piaciuta (ed è raro), è sempre una circostanza molto imbarazzante e di grande tristesa. Sembra di essere accorsi a trovare un amico in ospedale dopo una piccola operazione o una lontana parente dopo un parto gemellare. I corridoi dietro al palco si trasformano in affollate astanterie dove si ammassano le persone che aspettano di entrare nella stanza del malato/attore per felicitarsi del buon esito dell'intervento, pronti a infondere parole di coraggio e felicitazioni anche nel caso in cui il dottore non vi avesse dato buone notizie. In attesa del vostro turno mettete a punto due o tre frasi incisive da pronunciare al momento dell'incontro, accompagnate da cameratesche pacche sulla spalla: «Te l'avevo detto che andava tutto bene, poi tu sei un leone, te li mangi tutti, hai fatto una cosa coraggiosa e questo è solo il primo giorno, vedrai con il tempo come migliori...». Se il congratulante prima di voi vi brucia l'intuizione creativa del complimento, siete persi. Dovete in tutta fretta riformulare qualcosa di diverso ma purtroppo quando tocca a voi vi viene solo un «Ao' bravo! Daje...». Ed è lì che sarete invasi da un'infinita tristesa che non vi abbandonerà facilmente. L'unico elemento positivo da segnalare in questi ultimi tempi riguarda la durata degli spettacoli. Nella maggior parte dei casi è fortemente diminuita, forse anche per permettere alle operazioni di saluti e complimenti di non sforare fino all'alba. Ma un'altra tristesa è in agguato con questo nuovo rito abbreviato che dovrebbe spingerci a frequentare più assiduamente il teatro: quando ti invitano ormai non ti dicono più se si tratta di Shakespeare o Ionesco, ma si affrettano a specificare: «Vieni a teatro a vedermi? Faccio una cosa, ma dura solo cinquanta minuti. Pensi di farcela?».

Mi fanno tristesa i grandi cantautori quando si ostinano a non eseguire i loro successi più famosi durante un concerto. Osservate con preoccupazione fan attempati che gettano un'occhiata d'intesa all'amico seduto accanto sussurando piano: «La fa, la fa, adesso la fa»... ma lui, il principe-artista non la fa. Non c'è verso, perché lui odia le canzoni che l'hanno reso famoso anni fa, visto che dopo non ne ha più azzeccata una con la stessa forza. Odia il pubblico che vuole ricantare insieme a lui queste canzoni che gli ricordano quando aveva ancora l'ispirazione e per tigna, per rabbia o per ritorsione contro i suoi fan, non c'è verso, non le fa. O peggio, per vendetta le canta tutte stranite con arrangiamenti irriconoscibili, così nessuno riesce a stargli dietro e lui ci gode. Ma non sa che suscita un'immensa tristesa. Invece di baciare per terra dove camminano tutti quelli che per anni gli hanno comprato i dischi, li disprezza. Peggio per lui, non sa che bella vita si perde.

Una grande tristesa ti avvolge insieme a una spessa nuvola di fumo quando entri negli spazi aeroportuali dedicati ai fumatori. Capisco che dovremmo smettere e che il fumo non va incentivato ma se tu mi vendi quintali di stecche al duty-free, mi vorrai far fumare almeno una sigaretta in santa pace? Invece hanno creato delle squallide gabbie di vetro molto strette e trasparenti. Oltre al fastidioso odore di nicotina che contrariamente a quando si fumava liberi è molto più forte perché condensato in pochi metri, la vera umiliazione è che tutti quelli che passano ti guardano e ti compatiscono. Ti senti come un animale spelacchiato in gabbia accanto a brutti esemplari della tua stessa famiglia, con i quali non comunichi se non in scarne richieste di un accendino che funzioni. Fumare così, da soli, in piedi, cercando di sbrigarsi per uscire al più presto da quella camera a gas, è quasi un atto di onanismo triste. Che gusto c'è a farlo così? Eppure non si resiste.

Mi fanno tristesa tutti i calcolatori di piccolo cabotaggio: l'avaro da bar che, al momento di pagare il caffè che aveva tanto insistito per offrirti, si accorge di aver scordato il portafoglio da qualche parte; o quello che al ristorante, per dividere il conto in parti uguali, è capace di fare mezzanotte a forza di calcolare la differenza decimale tra il prezzo del dolce che hai mangiato tu e quello che ha mangiato lui.

Fanno molta tristesa le persone devastate dal proprio ego e che non se ne rendono conto. Come se avessero una malattia grave ma fosse ormai troppo tardi per fronteggiare la situazione: vanno a ruota libera e nessuno ha più la forza di farglielo notare, tanto si tratta di una causa persa. Li vedi con gli occhietti lucidi come faine alla ricerca di una povera vittima su cui riversare tutti i *loro* prossimi meravigliosi progetti, lavori, successi, specialissimi incontri, emozioni uniche che solo *loro* hanno provato negli ultimi cent'anni. Non si stancano mai di parlarsi addosso e, se per caso siete riusciti a inserirvi in una pausa del *loro* monologo, non ascoltano una parola di quello che state dicendo: aspettano solo di ricominciare il *loro* discorso, praticamente vi prestano l'attenzione che si dà a un'interruzione pubblicitaria durante un film da Oscar.

Li potete facilmente riconoscere ed evitare perché di solito la *loro* conversazione suona più o meno così: «Ciao, come sto?».

Mi mettono una certa tristesa i telefilm polizieschi americani, quelli fatti male, dove ci sono sempre due poliziotti appostati sotto casa di un indiziato che stanno pedinando da tempo. Passano le ore, a volte anche la notte intera, ma questo non esce mai dal portone. Poi basta che uno dei poliziotti si allontani per comprare un paio di hamburger e qualcosa da bere al bar di fronte e regolarmente, proprio mentre sta tornando con le mani occupate da bicchieroni e panini, ecco che il sospettato esce di corsa e si infila in una macchina, facendogli rovesciare caffè e quant'altro e ovviamente dileguandosi nel nulla. Vi prego, una volta fatelo uscire subito prima o subito dopo...

Ma il colmo della tristesa si scatena quando provate questo misero sentimento verso voi stessi. Quando ti fai tristesa da solo raggiungi il culmine.

A me può capitare di vivere istanti eterni di tristesa nelle toilette degli autogrill. I bagni pubblici sono fonte di grandi malinconie o di sentimenti ancor più brutali, ma invece il mio approccio come al solito è minimale, fatto di emozioni scadenti dovute solo a contrattempi banali e a piccole contrarietà.

Come quando sulla parte interna della porta non c'è più il gancio per appendere la borsa o altri oggetti personali. Ormai già chiusi dentro la minuscola toilette siete costretti ad acrobazie da contorsionisti per riuscire a tenere in mano contemporaneamente cappotto, sporte varie, telefonino eccetera, ma dovete anche tirarvi giù i pantaloni o alzare la gonna, il tutto evitando di toccare anche solo un centimetro quadrato della superficie virale del suddetto stanzino. Come un ragno sospeso nell'aria, ma senza una provvida ragnatela che vi sostenga, vi sentite davvero ridicoli ed è lì che sopraggiunge di soppiatto la prima ventata di tristesa. La seconda arriva subito dopo, nel malaugurato momento del lavaggio mani. Le avete appena passate con fiducia sotto il dispenser automatico del sapone ma ecco che vi rendete conto con stupore che non esiste un rubinetto, nessuna manopola tradizionale per accedere all'acqua, non c'è un pulsante o una leva che suggerisca una possibile fuoriuscita del liquido salvifico. Sicuramente siete in presenza di un'apparecchiatura idraulica di ultima generazione a cellula fotoelettrica (dal design discutibile). Dovrebbero copiazzare questi sensori nei punti più evidenti e comodi per l'uso. Dovrebbero. Ma nel vostro caso sono introvabili. È inutile ruotare le mani disegnando cerchi nell'aria come un mimo alle prime armi, non c'è verso di far reagire la maledetta cellula. Sperate in un pedale sul pavimento, in un pulsante in gommapiuma ma niente da fare: le mattonelle sono lisce come una lastra di ghiaccio.

Ci si può arrendere dichiarandosi sconfitti davanti alla tecnologia troppo raffinata e uscire mesti, con le mani appiccicose ricoperte di una colla di sapone giallastra, oppure insistere disperatamente fino a che una vecchina della provvidenza si piazza al lavandino accanto ed esegue questa semplice operazione in un battibaleno. Non c'era angolino dell'intera apparecchiatura che mostrasse un indizio, eppure Nonna Abelarda ha subito trovato il punto G idraulico di quel dannato rubinetto e vi ha inondato di una tristesa definitiva.

E soprattutto mi faccio molta tristesa quando mi racconto bugie a cui non credo più. Perché prendersi in giro da soli, raccontandosi delle balle inaudite, e non ammettere più onestamente che se avete rifiutato quell'invito non è per un leggero mal di testa o perché domani vi dovete svegliare presto? Non vi va e basta. Invece no, perdete un sacco di tempo a costruirvi degli alibi assurdi, già sapendo che la parte migliore di voi non è così stupida e non crederà a una parola di quel cumulo di bugie. Una vita a raccontarvi balle inutilmente: lunedì mi metto a dieta, domani smetto di fumare, alle prossime vacanze metto a posto i libri per ordine alfabetico. Non siete più credibili eppure continuate a provarci con consapevole tristesa.

Io per prima mi faccio tristesa da sola quando, sentendo il rumore dell'arrivo di un messaggino sul mio smartphone, immagino qualche bella novità, un piccolo invito, un complimento, un accenno di seduzione amichevole e invece mi ritrovo sempre l'sms della banca che mi avverte che ho appena speso 125 euro con la carta di credito. Un'arida comunicazione economica che ti spegne il sorriso sulle labbra. Anche perché ti ricorda l'inutile acquisto che hai appena effettuato, vorresti bloccarti la carta da solo per punizione. Ma rinunciare ti farebbe ancora più tristesa.

Un po' di allegresa

La cosa più bella dell'amicizia è non doversi intrattenere per forza. Con un amico vero puoi stare zitto senza che nessuno dei due si offenda o si preoccupi di ravvivare la serata con una conversazione scoppiettante.

L'amico vero evita con gentilezza di andare a pescare a tutti i costi un qualsiasi argomento pur di non fare scena muta e intuisce quando hai solo bisogno di vicinanza.

Imparare a star zitti è la più grande soddisfazione, una vera conquista per una chiacchierona come me.

Rimanere in silenzio insieme, senza essere colti dall'ansia del vuoto, è una magia che può riuscire solo a una coppia collaudata o a un'amicizia vera. Sono queste autentiche prove di affetto, frutto di anni di complicità, che ti riempiono il cuore di allegresa. Ci tenevo a dirlo.

Figlie di un Woodstock minore

Io nel '68 ero troppo piccola per essere in prima linea, ma già troppo grande per giocare con le bambole. Piuttosto ero del partito di *(I Can't Get No) Satisfaction* e quindi per principio rock non potevo provare uno straccio di soddisfazione esistenziale e tantomeno politica. L'ideologia musicale mi aveva rapito qualche istante prima dell'arrivo della ventata sessantottina, regalandomi un imprinting da ragazzina del Piper che mi ha reso impermeabile alla sottomissione totale e alla devozione assoluta a gruppi e partiti. Pur partecipando a tutte le cause, sotto sotto ho sempre seguito più la scuola di Frank Zappa che quella di Adorno. Sarà per questo che oggi, a distanza di quaranta e più anni, rido di cuore quando mi chiamano radical chic: non sono né radical né chic, ma nel fondo dell'anima sono rimasta un'inguaribile rollingstoniana.

Non mi hanno mai appassionato il dibattito tra le varie anime del Pci-Pds-Ds-Pd né tantomeno le infinite diaspore all'interno dei vari gruppi extraparlamentari con le loro sottigliezze ideologiche. In realtà dei gloriosi anni Settanta ricordo delle rivoluzioni più terra terra, piccole cose del quotidiano, che certo non fanno la storia però, vi assicuro, cambiano la geografia di una nazione: sto parlando del famigerato rapporto tra i sessi.

Sarò un'iconoclasta, ma è ora di fare outing sulla spinosa questione. Mi sento di affermare che il '68 ha congelato quello straccio di emancipazione femminile che noi ragazzuole stavamo faticosamente acquisendo a costo di grandi sacrifici. Mi riferisco all'oscurantismo estetico e morale in cui precipitarono dall'oggi al domani molte giovani donne proprio quando avevano appena iniziato ad assaporare la ventata internazionale che le faceva sentire finalmente all'altezza di coetanee più fortunate d'oltremanica e d'oltreoceano. Mi ricordo che le ragazze più grandi avevano pronto il biglietto per Woodstock con tanto di sacco a pelo già arrotolato e invece furono costrette a restare a casa a sfamare intere assemblee fino a notte fonda. Il dibattito politico era acceso e doveva essere accudito fino all'amazzacaffè.

Sì, lo ammetto, i nostri erano ancora dei passi malfermi, vagiti di autodeterminazione femminile da parte di piccole groupie che giocavano a far le scafate, dark lady di periferia che si arrangiavano artigianalmente con risultati estetici spesso discutibili, ma stiamo comunque parlando di un gradino in avanti nell'evoluzione del genere femminile, che di lì a poco sarebbe precipitato rovinosamente nel girone degli "angeli del ciclostile". Tutti quei meravigliosi minipull verde mela e giallo canarino che lasciavano intravedere l'ombelico, certo più cultura *Tuca Tuca* che *Stairway to Heaven* ma pur sempre manifesto programmatico di future stregherie, furono tutti immolati dal giorno alla notte sull'altare dell'impegno politico... del proprio compagno. Che tra l'altro era geloso come un bufalo e non andava contrariato, esattamente come succedeva a casa dai genitori, dove però (più coerentemente) di rivoluzione non se n'era neanche parlato.

E alla fine, senza un vero perché, molte di noi scivolarono da una religione all'altra. La messa sembrava non finire mai.

Lo so di rischiare l'impopolarità, ma voglio rivendicare quel sano laicismo pre-sessantottino che ci stava aiutando a superare la nostra atavica cultura bigotta, voglio fare l'elegia di quella sgangherata libertà sessuale ancora incerta e spesso autolesionista negli obiettivi ma così liberatoria per noi fanciulle cresciute ancora dalle orsoline. Mentre gli anni che seguirono riportarono su tutti la lunga ombra della coppia fissa. «Signor padrone questa volta per te è andata proprio male...» si cantava la sera tutti insieme rimpiangendo il bacino roteante di Mick Jagger, che come un amante tentatore ci chiedeva inutilmente di passare «The Night Together». Invece da quel momento il secondo sesso poteva aspirare, come massimo della trasgressione, a far parte dell'harem del leaderino di turno, sinceramente se non un passo indietro per l'intera umanità, un'esperienza trascurabile per molte di noi. «Tu mi fai girar, tu mi fai girar come fossi una bambola, poi mi butti giù, come fossi una bambola...» Così recitava il testo della canzone della pasionaria Patty Pravo, e non sarà un caso che stiamo parlando proprio di un successo del 1968. Un'impietosa fotografia di quella che sarà la condizione femminile negli anni a venire. Al resto poi ci pensò Lucio Battisti, che non a caso i compagni continuarono ad ascoltare di nascosto come un oracolo. Il cantautore rietino era proibito dalla bibbia comunista, che prevedeva solo canti anarchici o inni di partito, ma nottetempo, nel chiuso delle loro camerette, i maschi italici si beavano delle considerazioni filosofiche di Lucio nostro, che nel 1971 ancora si ostinava a porci minacciose domande: «Dimmi: cosa vuol dir sono una donna ormai? Ma quante braccia ti hanno stretto?». E questo e quest'altro, un'ossessione e basta, tanto sai che non te lo dirò...

Che Giovanna Marini e gli Inti-Illimani mi perdonino per non averli citati ma purtroppo, nonostante le numerose esibizioni dal vivo e su disco, misteriosamente non incisero nel profondo l'inconscio maschile di quegli anni.

Erano ancora lontani i tempi del privato è politico. Il politico era solo politico. E il privato era la solita storia, vedi alla voce patriarcato: la lotta di classe si fermava fuori dalle pareti domestiche, checché ne dicesse Claudia Mori nel surreale brano *Chi non lavora non fa l'amore*.

Al contrario delle nostre coetanee americane, non avevamo fatto in tempo a mettere in dubbio *La mistica della femminilità* ereditata dalle nostre mamme, sante donne, che avevano lottato per il voto al sesso debole ma erano ancora vittime del delitto d'onore. «Siamo così, dolcemente complicate, portaci delle rose, nuove cose e ti diremo ancora un altro sì.» Pronte al sacrificio sempre per cause di forza maggiore. Non chiederti mai quello che le donne, per pietà, non ti dicono. Ci rimarresti molto male. Se il bestseller di Betty Friedan fosse stato più diffuso forse non avremmo perso tanto tempo prezioso, che poi, si sa, abbiamo dovuto recuperare tutto di corsa. Le rivendicazioni delle ragazze vennero messe come al solito in secondo piano, perché c'erano conquiste più urgenti da realizzare. Non c'è niente da meravigliarsi se oggi, quarant'anni dopo, il nostro affollato e frastagliato "centrosinistra" pensa ancora che sia inopportuno rompere le scatole per ottenere diritti civili alle coppie di fatto e l'ultimo grido in fatto di partiti democratici non batte ciglio se qualcuno in parlamento rimette in discussione la legge sull'aborto.

Mi sento colpevole e ingrata a fare queste pubbliche confessioni, ma segretamente già circolavano tra le cospirate di quegli anni. Alcune, più sfortunate, furono costrette ad affrontare dei veri e propri processi pubblici per uso improprio di minigonna, indumento borghese e reazionario che misteriosamente alimentava il potere del "sistema". Molte di loro, anni dopo, si sono prese delle sonore rivincite nei famigerati gruppi di autocoscienza, mettendo in piazza dettagli e particolari a volte non proprio edificanti delle "prove d'amore" dei loro compagni. Ci sono uomini che non si sono più ripresi, altri che si sono buttati a destra per rifarsi una verginità. Li potete riconoscere tra quelli che rifiutano ogni dibattito sull'argomento, sono ancora lì attoniti, guai a chiedergli un parere sul '68: o lo reputano fonte di ogni male o hanno completamente rimosso tutto il decennio. In risposta biascicheranno il motivetto stonato di *Stayin' Alive*: hanno sviluppato una memoria selettiva, si ricordano solo dalla *Febbre del sabato sera* in poi.

Evitiamo però banali generalizzazioni, non tutti gli uomini erano così. A riscatto della categoria vorrei citare un grande artista scomparso, Andrea Pazienza, che mi sembra riesca a riassumere con semplicità il sentimento di molti anonimi ex sessantottini: «Io nel '68 ebbi una sfiga. Mi innamorai di una di Trieste. E mai un'avventura, mai un'avventura in treno...».

I vecchi

«La vecchiaia è la più inattesa tra tutte
le cose che possono capitare a un uomo.»
Lev Nikolaevič Tolstoj

Non si invecchia un po' alla volta, anno per anno, lentamente e in maniera impercettibile, ma di botto. Non si sa mai il giorno preciso in cui si presenterà il fenomeno, di solito si va di cinque anni in cinque anni. Ti era sembrato di reggere bene, anzi l'estate scorsa ti eri visto anche un po' ringiovanito. Saranno stati quei massaggi salvifici o le dormitine extra.

Poi una mattina di ottobre ti svegli e hai preso cinque anni tutti insieme. Così, in una notte. Il giorno prima no, e poi clic, il giorno dopo sì. Com'è possibile? Eppure è evidente, ci si scruta al microscopio increduli e ombre inedite, nuove pieghette in più sul viso sono apparse nottetempo. All'inizio pensi che potrebbe essere solo un'influenza imminente, un segno dei primi freddi, l'alzataccia del giorno prima, e invece passa il tempo e rimani così, non c'è niente da fare, sei semplicemente un po' invecchiato. A riprova di questa mia ennesima teoria scientifica mi arriva in soccorso una frase che sembra sia sta pronunciata da Billy Wilder dopo la première del film *Sabrina* con Humphrey Bogart e una freschissima Audrey Hepburn: «Peccato, solo adesso mi rendo conto che ho scritturato Bogey proprio la settimana in cui è invecchiato!».

Un bel giorno, a quarant'anni, mi sono alzata e ho pensato che degli alieni avessero invaso il mio territorio-corpo trasformandomi in un'altra persona, e come nel memorabile film *La mosca* ho gridato anch'io «Aiutooo» con la vocina piccola da insetto. Ma non c'era niente di sovrannaturale, ero sempre io, solo un po' più grande.

Non ci sarebbe nulla di male, sennonché oggi invecchiare è uno scandalo. Specialmente per una donna è una cosa inaudita. Il nostro non è un Paese per vecchie. Una volta, sotto una foto rubata a una vip al mare, ho letto una didascalia che sentenziava con tono riprovevole: «Non fa niente per nascondere la sua età!». Dimostrare i propri anni è una colpa più scellerata di una rapina a mano armata.

I vecchi sono brutti, pallosi e mezzi rimbecilliti. Non si possono guardare, soprattutto perché rendono evidente lo stato di solitudine in cui tutti viviamo, isolamento che fino a una certa età cerchiamo di nascondere dentro centri commerciali, multisale e altri luoghi molto affollati che ci danno la sensazione di appartenere a un'allegra comunità.

Invece il vecchio è nudo. È un reperto geologico spiaggiato davanti a un televisore. Un monumento vivente che siamo costretti a visitare ogni tanto per buona creanza. A nessuno va più di ascoltare le sue storie e i suoi ricordi, sempre meglio una brutta fiction in costume che i racconti di nonna sulla Resistenza. Il vecchio è incattivito perché il mondo non è andato proprio come se lo immaginava, e non fa niente per nascondere la sua delusione. In una società che ha fatto dell'eterna giovinezza una categoria morale assoluta l'unico benvoluto è il vecchio arzillo, il nonnetto tutto pepe, gonfio di Viagra, che si agita più dei nipotini condendo il suo eloquio di ritriti doppi sensi e occhiatine complici; un guaio averlo in famiglia, peggio ancora a chi è capitato come capo del governo.

Lasciarsi sfiorire con grazia non è più concesso, bisogna essere fotogenici, telegenici, di bella e fresca presenza, sempre. Sennò ti trasformi facilmente in un *dropout* e piano piano vieni emarginato dalla società. Ci sono solo due eccezioni, due escamotage per sfuggire alla regola del *forever young*, come cantava Bob Dylan, ma sono strade un po' complicate: devi vincere un Nobel o diventare Papa, solo in questi casi ti puoi mostrare decrepito quanto ti pare e piace. Per tutti gli altri comuni mortali l'obbligo è perentorio: non dimostrare mai la propria età. Già è un'impresa ardua accettare il tempo che passa, se in più dobbiamo pure sentirci in colpa perché invecchiamo la pratica diventa molto dura e ci spinge a ricorrere a qualsiasi rimedio pur di non trasformarci in reietti della società.

Nel passato i membri anziani di una comunità erano circondati dal rispetto e brillavano per autorevolezza. Oggi gli unici anziani a cui si porta rispetto sono quelli che contano. Se l'anziano possiede potere e denaro la faccenda assume tutto un altro aspetto. L'attualità è tristemente costellata di episodi che confermano questa regola sociale che di solito interessa di più il genere maschile, forse solo perché fino a ora ha avuto più potere.

Ho visto donne plurilaureate, realizzate e gratificate, perdere la testa ai primi segni dell'età e pregare in ginocchio il chirurgo plastico di iniettare qualsiasi cosa pur di ridare un po' di freschezza al loro collo in via di avvizzimento, uno dei punti più deboli – come ci ha spiegato Nora Ephron nel suo libro *Il collo mi fa impazzire*. Sarà perché sorregge la testa ma è il primo a invecchiare e il più difficile da mascherare in caso di cedimento, a meno che non vogliate indossare a vita quei tristissimi foularini chiamati non a caso dagli astuti francesi *cache-col* (nascondi-collo). In alternativa vi resta solo il bisturi.

Ma per quante novità la scienza estetica riuscirà a inventarsi, alla fine una ruga prenderà sempre il sopravvento, e la ruga sul silicone è un brutto effetto speciale. Stanno arrivando al capolinea i primi anziani ritoccati, vittime di lifting ancora sperimentali e imperfetti, carichi di materie plastiche non meglio identificate che vagano sottopelle a memoria di antichi interventi. Sono i nuovi mostri, la prima generazione manipolata che verrà seppellita con il sorriso attonito dell'ultimo botulino.

Nonostante tutto è difficile resistere alla tentazione del ritocchino: impossibile accettare che, mentre tu invecchi, i tuoi coetanei misteriosamente ringiovaniscono. Una volta ho incontrato una mia compagna delle elementari che sembrava mia figlia! Quella sera sono tornata a casa con il forte desiderio di svegliare un dottore in piena notte e farmi liftare pure le ginocchia. È sempre più duro cercare di farsene una ragione e scivolare serenamente nella terza e quarta età. Si è persa quell'antica scuola che ti insegnava ad accettare con eleganza i colpi del tempo e a gustare le gioie della pensione (e nel frattempo sono sparite pure le pensioni). Suonano false le solite frasi rassicuranti rivolte con ipocrita saggezza ai malcapitati che devono affrontare questo passaggio obbligato: «Stai allegro, ogni età ha i suoi lati positivi». Sarebbe meglio dire "aveva", quando l'esperienza, la memoria e la maturità "avevano" un valore sociale. Ora sono solo uno scomodo ingombro, come il cassettone gigante dei nonni che non sappiamo più dove mettere in casa. Si potesse vendere al bric-à-brac con il vecchio e la vecchia rinchiusi dentro sarebbe un sollievo per tutti.

Per esorcizzare il machete del tempo e mantenere un contegno, i vecchi s'inventano per autodifesa delle bufale inaudite a cui nemmeno loro credono, come la famosa esclamazione: «Anche potendo, non tornerei indietro per niente al mondo!». Be', non esageriamo: è vero che l'età più drammatica sono sicuramente i vent'anni, ma se ci proponessero di tornare indietro di una decina d'anni senza dare nulla in cambio, sfido chiunque a rifiutare. Non penso che ci sarebbe niente di male, sempre che ci venga risparmiato di vendere l'anima a Satana o simili diavolerie che non hanno mai funzionato.

Io più che tornare indietro amerei fermarmi, per esempio mi trovo molto bene nella decade che sto vivendo, se potessi accendere lo stop adesso lo farei volentieri. «Sto!» Come si dice a poker: «Servito». Insomma non sento tutto questo impellente desiderio di proiettarmi verso le avventure degli anni a venire. È evidente che li accetterò con filosofia, visto che l'unico modo per non morire subito è... invecchiare. E morire è una prospettiva ancora più fastidiosa (dopo morti si smette per sempre di invecchiare ma non si riesce a goderne gli effetti. O almeno nessuno è tornato a raccontarcelo).

Per fortuna l'essere umano si abitua a tutto e ha un istinto di sopravvivenza che lo trascina in avanti con una misteriosa dose di positività. La stessa che ci spinge a cucinare e a mangiare dopo un funerale, rituale addirittura consigliato e quasi obbligatorio in molte culture.

Da ragazza speravo di morire poco prima dei quarant'anni: i "matusa", come si chiamavano allora gli adulti, erano insopportabili e per niente al mondo volevo rientrare in quella miserabile categoria. Era auspicabile morire giovani, come gli artisti maledetti, per evitare lo spettacolo avvilente della nostra discesa agli inferi.

Ah, l'estremismo della gioventù! Man mano che passa il tempo uno riconsidera le sue posizioni e guarda in avanti con altri occhi. All'epoca mia uno di cinquant'anni era considerato finito, arrivato al capolinea, oggi lo definiremmo "giovanissimo", mentre un sessantenne si è trasformato in un "ancora giovane" e uno di settant'anni è finalmente "maturo". Ogni volta che vedo una fotografia di Keith Richards dei Rolling Stones non posso credere che l'idolo della mia adolescenza spinga ancora forte sulla chitarra con le mani ricoperte da anelli a forma di teschio e la faccia ridotta a una pergamena. Sarà quasi settantenne, un'età da Villa Arzilla: eppure, nonostante tutte le zozzerie che si è iniettato o ha aspirato, eccolo lì sul palco a far zompettare intere generazioni.

A parte il conto in banca, non vorrei essere Keith Richards: deve risultare molto faticoso mantenere quell'*allure* da maledetto quando la sciatica non ti fa alzare dal letto la mattina. In realtà siamo tutti acciaccati da quando abbiamo trent'anni perché apparteniamo a una generazione che non si è risparmiata. Purtroppo siamo capitati in un'epoca che ci costringe a mascherare la nostra "vecchietà"; per uno strano corto circuito della storia ci siamo ritrovati a indossare gli stessi vestiti dei nostri figli, ad ascoltare la stessa musica e a impazzire per gli stessi film. Siamo tutti "genitori in blue jeans", condannati a invecchiare in clandestinità, cercando di non farci notare dai vicini, dissimulando malamente acciacchi e ammaccature. In sintesi, una fatica immensa. Alla lunga, totalmente inutile.

Anch'io lotto come tutti contro i mulini a vento. Ho tentato di resistere, di negare. Poi una mattina mi sono alzata e ho deciso che era venuto il momento di rilassarsi. Un po' come decidere finalmente di far entrare in casa quel cucciolo randagio che si lamenta da due giorni fuori dalla vostra porta. È una liberazione, lo accogliete con tenerezza e ve ne fate una ragione, l'esistenza vi migliora in un attimo. E così con i segni del tempo: sono lì e aumenteranno, tanto vale farseli amici.

Non è facile per nessuno osservare il proprio corpo che si sfrangia senza pietà, ma ci vuole più coraggio ad arrendersi alle circostanze ineluttabili che a puntare i piedi e a combattere contro il futuro. Per i più scettici arriva puntuale in soccorso la saggezza di Anna Magnani, che teneva a freno il suo truccatore tutte le volte che il malcapitato cercava di nascondere le rughe sotto il make-up: «C'ho messo una vita pe' fammele veni', 'ste belle rughe, e tu mo' me le voi toje?! Nun t'azzarda'...». All'esclamazione verbale seguiva un gesto di minaccia tanto deciso da non permettere repliche.

Mia nonna, invece di coprire i segni del tempo, decise di occultare per sempre la sua vera età. Non abbiamo mai saputo quanti anni avesse realmente. Senza dubbio tanti. Ma è riuscita a nascondere così bene la sua data di nascita che, quando ci ha lasciato, non l'abbiamo trovata scritta da nessuna parte. Scomparsi i documenti ufficiali, il passaporto e ogni traccia burocratica. Stavamo per andare all'anagrafe per ricostruire gli eventi quando abbiamo scoperto in un cassetto l'epigrafe mortuaria compilata di suo pugno nel pieno delle facoltà mentali: «Si spegne oggi, (spazio bianco con data di morte non ancora conosciuta da inserire al momento) la marchesa Leonarda eccetera eccetera, nata a Piacenza (punto e basta). Ne danno il triste annuncio eccetera eccetera, non fiori ma opere di bene...». Naturalmente lo abbiamo pubblicato senza aggiungere nulla, se non la data della sua dipartita. Davanti a una personalità così decisa ci si deve arrendere, e di tutti i luoghi comuni sull'argomento l'unico vero è quello che ribadisce: «Ognuno ha l'età che si sente». Se mia nonna si sentiva ancora una ragazzina, perché contrariarla?

Vita d'albergo

Ho un debole per gli alberghi dove sei coccolato come se veramente contassi qualcosa.

Lo so, lo fanno con tutti, basta pagare la tariffa, ma io vivo nell'illusione che mi vogliano davvero bene. Anche se ho ordinato personalmente i quotidiani la sera prima, mi illudo che sia un pensiero spontaneo del concierge farmeli arrivare croccanti insieme ai cornetti la mattina.

La colazione a letto è per me un lusso estremo. Non amo le pellicce, le macchine eleganti né i gioielli importanti, a tutto questo preferisco il vassoio con il cappuccino caldo appoggiato sul piumino morbido, il tutto circondato da marmellatine varie e pane tostato.

Anche se sento continui lamenti da chi è costretto a vivere sempre in viaggio tra un hotel e l'altro, io invece li invidio fortemente. In albergo ogni giorno la tua vita ricomincia nuova di zecca, con un set di saponi intoccati e la fascia di protezione del controllo igienico sulla tavoletta. Non si vedono crepe e ogni oggetto torna al suo posto per magia, come se i topini di Cenerentola fossero entrati in azione appena usciti dalla stanza. Lo so benissimo che si tratta del *room service*, ma questo non diminuisce l'incanto.

Mi disturbano un po' gli alberghi design, e invece c'è gente che va pazza per gli art hotel, frutto di architetti che sfogano in un solo progetto le frustrazioni di una vita. Particolarmente insopportabili sono quelli che hanno deciso di eliminare le porte del bagno. Passino séparé satinati o pannelli scorrevoli, anche se la mancanza di chiave è sempre disturbante: se devi startene in pace in un luogo tutto tuo perché vivere in bàlia di quella inquietante suspense che può colpirti mentre sei sotto la doccia? *Psyco* non vi ha insegnato niente? Da allora in bagno ci si chiude dentro, senza se e senza ma.

Eppure negli hotel più trendy l'ultimo grido è lasciare tutto a vista: toilette, bidet e vasca come arredi sparsi nella camera da letto. Farsi il bagno chiacchierando con il tuo compagno di stanza può essere catalogata come una piacevole stravaganza, ma per il resto? A quale tipo di clientela piace condividere ogni istante della propria privacy? Tenessero loro le porte aperte e lasciassero noi comuni mortali alle nostre monacali abitudini! Invece no, ci costringono a un esibizionismo indesiderato che ci costa molto di più di una stanza normale. Questi bagni "open air" li evito anche quando non sono in compagnia. Non mi vede nessuno, lo so, ma sono io che mi vedo e mi disturbo da me, violandomi la privacy da sola. L'unica apertura che mi ha entusiasmato è stata quella del tetto in un hotel del Kerala, nel Sud dell'India. La porta del bagno si chiudeva perfettamente con la sua bella chiave, ma alzando la testa ti accorgevi della mancanza totale del soffitto, materializzazione del famoso cielo in una stanza versione toilette, e gli alberi infiniti in questione erano dei banani che svettavano tra la doccia e il lavandino. Indimenticabile.

Non sono certo la prima né l'unica a nutrire questa debolezza per le anonime camere d'albergo che ti accolgono sempre fresche e ordinate, molti ne hanno fatto addirittura uno stile di vita. Una lunga lista di scrittori, poeti o donne *d'esprit* ha optato per questa drastica scelta che, a un'analisi frettolosa, potrebbe sembrare triste e solitaria.

Invece le camere d'albergo si possono trasformare in un rifugio segreto, come l'ambita "stanza tutta per sé" vagheggiata da Virginia Woolf. Ed è proprio in onore della scrittrice che Michael Cunningham, nel suo romanzo *Le ore*, racconta di una casalinga americana che diventa la cliente misteriosa di un anonimo albergo. Laura Brown affitta all'insaputa della sua perfetta famigliola una camera presso il Normandy Hotel, non per appuntamenti clandestini con un eventuale amante né tantomeno per sfuggire a qualche oscura minaccia, ma semplicemente per leggere in santa pace il suo romanzo preferito, che guarda caso è *La signora Dalloway* di Virginia Woolf. Come la capisco! Ma forse il newyorkese Cunningham ha pensato anche alle abitudini di un'altra scrittrice. Dorothy Parker, una delle donne più acute e spregiudicate del suo tempo, negli anni Venti rese celebre con la sua assidua presenza l'Algonquin Hotel a New York, punto di riferimento degli scrittori più in vista della città. Oltre a frequentare la famosa tavola rotonda al piano terra, Miss Parker si faceva tenere sempre una stanza pronta, in caso di fuga repentina da un matrimonio scomodo o per impellente necessità di scrivere un racconto in santa pace. Ancora oggi lo storico hotel sulla Quarantaquattresima vi mostra a richiesta la famosa camera, che affitta come un reliquario agli amanti del genere.

Negli ultimi trent'anni della sua lunga e talentuosa vita, Dino Risi aveva deciso di vivere in un residence con le finestre di fronte a Villa Borghese, una scelta di libertà che ha difeso con entusiasmo: «Vivo come in albergo, senza pesare su nessuno. Ho perfino imparato a dialogare con l'acqua e con i suoi rumori: sono felice delle mie giornate, non mi sono mai sentito solo. Qui, è vietato affittare a chi ha bambini o cani, una meraviglia».

In albergo si è costretti a portare il necessario e ci si libera finalmente di tutti gli orpelli che ci hanno invaso la vita. Pochi libri, solo i vestiti di stagione, una valigia svelta sopra l'armadio e il gioco è fatto.

Ho viaggiato molto da sola, frequentando alberghi un po' in tutto il mondo, dalle stamberghe ai lussuosi pluristellati di inutili convegni; ognuno ha un suo fascino segreto, non mi inquietano gli strati di altre esistenze sconosciute che sono rimaste incise nei mobili o sulla moquette, anzi mi invitano a fantasticare sulle "vite degli altri", una delle attività più interessanti per una ficcanaso di professione che, pur di evadere dalla propria, entrerebbe nella prima esistenza diversa che le capita a portata di mano. In effetti, ora che ci penso, una delle attrattive della vita d'albergo è quella di mettere per un po' da parte la propria identità, premere il tasto "pause" e creare una parentesi che ti permetta di uscire dal tuo quotidiano per entrare in una cabina pressurizzata dove nulla ti riporta alle solite abitudini. Mi è sempre piaciuto fare finta di essere un'altra; purtroppo la frequentazione della tv non mi permette spesso questi voli pindarici, mi scoprono subito, però all'estero do il meglio di me. In un memorabile viaggio con le mie amiche storiche, Orsetta e Maura, per un errore nel fax di prenotazione dell'albergo mi hanno cercato per tutta la hall chiamandomi Miss Davini! Scoperto l'equivoco, ho adottato con entusiasmo questa nuova identità caduta dal cielo, un nuovo cognome meraviglioso, una nuova personalità che ho subito indossato come un abito fatto su misura per me. Da quel momento sono stata Miss Davini, una studiosa italoamericana di antropologia culturale dell'Università di Chicago in vacanza con le sue colleghe. Ancora adesso, quando mi va, mi trasformo in Miss Davini, una donna che ha sacrificato la sua vita matrimoniale allo studio e alla ricerca e che ora può permettersi lunghi viaggi intorno al mondo con le sue amiche. Miss Davini se ne sbatte dei doveri dell'immagine e delle critiche, a volte è un po' rude, beve margarita prima di cena e racconta storielle piccanti al barista dell'albergo. Le sue amiche la preferiscono all'altra, più riservata e secchiona, che si chiama banalmente Miss Dandini, e viaggiano volentieri con l'antropologa di Chicago appena le circostanze la liberano dai suoi impegni.

Solo la frequentazione degli alberghi ti offre queste immense possibilità.

Eleonora Duse visse nelle camere di molti hotel «tanto da essere convinta che queste camere erano per lei come un pezzo di strada, come uno scompartimento di un vagone. Un direttore d'albergo era, ai suoi occhi, una specie di comandante di piroscafo».

L'attrice dava vita in ogni sua momentanea residenza a un nuovo personaggio del suo infinito repertorio, da Francesca da Rimini a Pia de' Tolomei, da Teresa Raquin alla Signora delle Camelie. Ma a volte cercava di evadere da Eleonora, quella vera e affranta: come quando l'adorato D'Annunzio, dopo averle chiesto e ottenuto i soldi per allestire il dramma *La città morta*, senza dirle nulla affidò la sua parte alla più giovane Sarah Bernhardt. Si piange bene in albergo! Per quante federe riesci a inzuppare di lacrime, ce ne saranno sempre di nuove pronte per te.

Certo non tutti possono permettersi queste evasioni esistenziali, le tariffe delle camere a volte sono proibitive e il motel sull'autostrada di Roncobilaccio non ha lo stesso fascino dell'Hôtel al 13 di rue des Beaux-Arts, a Parigi. Sulla facciata di questo romantico albergo nel cuore di Saint-Germain potete leggere una lapide che vi ricorda che lì ha vissuto ed è morto Oscar Wilde, un altro patito della vita d'albergo, che trascorse gli ultimi giorni della sua tormentata esistenza in questo scrigno dorato ancora oggi conservato perfettamente fino all'ultimo arredo. Sembra che durante una delle sue ricorrenti crisi avesse confidato a un amico: «Sto combattendo un duello mortale con questa tappezzeria. Uno di noi due dovrà sparire». A sparire fu il poeta, la tappezzeria è ancora lì che vi accoglie nel sontuoso lusso del piccolo hotel talmente elegante da suggerire a Wilde queste ultime parole: «Muoio come sono vissuto: al di sopra delle mie possibilità». La leggenda narra che le pronunciò sorseggiando un bicchiere di ottimo champagne, messo in conto a un *room service* che non venne mai pagato.

Mademoiselle Ramazzini

«Se solo avessi più stima di me!
Ma ahimè, questo è impossibile.»
Marcel Proust

Se persino Marcel Proust non si sentiva all'altezza dei suoi contemporanei e nutriva una stima miserevole verso se stesso e le sue opere tanto da definirle un torrone indigesto... figuriamoci se fosse stato una donna. Altro che ricerca del tempo perduto!

Quando a qualche convegno post-femminista mi capita di parlare dello spinoso argomento "autostima delle donne", rivelo di essere nata con questa attitudine completamente azzerata. Sospetto che si siano dimenticati di inserirla nel mio dna. A quel punto parte sempre una risata complice da parte del pubblico femminile. È la classica risata dal retrogusto amaro, la mia preferita. Si ride per non affondare. Ci si riconosce annusandosi come i cani.

Un forte senso d'inadeguatezza ci accompagna come un angelo custode indesiderato, fin dalla culla, appena viene attaccato il fatidico fiocco rosa. E anche se si lavora quotidianamente per aumentare la fiducia in noi stesse, non si eliminano centinaia di anni di condizionamenti culturali con un atto di volontà. Sotto sotto riemerge sempre dagli abissi del passato quella sottile frustrazione, come un cadavere che non vuole rimanere sul fondo del lago: non c'è pietra al collo che lo possa trattenere, prima della fine del film riemerge e condanna con la sua evidenza l'assassino che sperava di farla franca. Certo la società non ci ha dato una mano, anzi ha fatto di tutto per gettarci nel baratro dell'insicurezza, che si declina in tutte le sfumature possibili, da quella fisica a quella morale e psicologica, senza trascurare nessun settore delle attività umane.

Sull'aspetto si sa, è fin troppo banale, basti pensare al primo giorno di ogni nuovo insediamento parlamentare: subito viene stilata un'amabile classifica per l'eletta più elegante, la più sexy, la più fotogenica, mai che sentissi un commento sulla giacca marron glacé ammuffito di uno dei tanti peones.

Per non parlare della pubblicità. Era meglio quella dove le casalinghe disperate si eccitavano per un Mastro Lindo grasso e pelato che pur di vendere un detersivo le seduceva sopra la lavatrice. La situazione, nonostante le famose conquiste sociali, peggiora a vista d'occhio. I nuovi spot si sono specializzati con un accanimento ossessivo sul fenomeno "fuoriuscita continua di liquidi dal corpo delle donne", prodigio più misterioso dello scioglimento del sangue di san Gennaro e delle lacrime della Madonna di Civitavecchia. Non bastavano tutti i possibili tipi di assorbenti con le ali, da giorno, da notte e da mezza sera? Ricordo che fino a qualche anno fa si viveva benissimo senza tutti questi assorbimenti, le donne facevano sport, andavano a danza o si buttavano come sempre dall'elicottero (!) e non succedeva niente di irreparabile e apocalittico, a meno che non dimenticassero il paracadute a casa. Oggi no, la sicurezza ce la dà solo il nuovo modello aerodinamico turboassorbente.

Ma era ancora troppo poco. A un certo punto il mercato ha deciso di non accontentarsi di vendere solo in "quei giorni" e, volendo capitalizzare tutto l'anno, ci ha convinto che abbiamo un bisogno estremo di protezione, sempre e comunque. Così qualcuno ha cominciato a insinuare che è necessario ripararsi anche tra un ciclo e l'altro. Ma ripararsi da che? Dal terremoto? Dal default? Non si è mai capito il perché, ma ecco che nasce il nuovo prodotto adatto per l'intervallo! Subdolo nome che ci ha gettato nell'insicurezza e nello sconforto. Oddio, non ci avevamo pensato, forse potrebbe succedere qualcosa anche in quegli altri momenti lì, e come vivere senza un ritrovato specifico, studiato dagli esperti per questi nuovi giorni pericolosi? Anche se non so bene cosa dovrebbe accadere, sempre meglio prevenirlo. E le sventurate risposero a questa nuova offerta del mercato con un altro sì... Ecco che comincia a delinearsi questa immagine di donna che perde liquidi a ogni istante, un vero colabrodo, un impiastro di serie B ad autonomia limitata. Tanto da avere subito bisogno di un altro prodotto ancora, l'ultimo grido, il più infamante: quello della pubblicità in ascensore. Io non ho mai conosciuto donne che se la facessero sotto come la povera signora dello spot, peraltro alncora giovane e piacente. Ora questi sgradevoli episodi potranno pure capitare a qualcuno, forse alle persone anziane con più frequenza, ma indistintamente dal sesso. Una pubblicità del genere non sarebbe mai stata realizzata con un protagonista maschile. Perché allora infierire con questo accanimento sulle donne? Un vero attentato alla nostra fragile autostima, un danno che andrebbe quantificato da un avvocato. Oggi si fa causa per molto meno: quanto può valere l'annientamento dell'immagine di più della metà del mondo? Credo che gli estremi per una class action ci siano tutti.

Ma le multinazionali possono dormire sonni tranquilli, nessuno proverà a ribellarsi. Le loro insinuazioni hanno trovato un terreno fertile per crescere indisturbate. Insomma, ci mettiamo parecchio del nostro. Oltre che piagnone, piscione e puzzone, ci hanno dipinto anche come sporcaccione, coglione e ignorantone, eppure non abbiamo battuto ciglio. Nell'intimo siamo convinte di essere un po' tutte queste cose e che in fondo ce lo meritiamo. Non si sa perché, ma dal giorno in cui abbiamo offerto quella maledetta mela ad Adamo per movimentare la "paradisiaca" vacanza, la colpa è essenzialmente sempre nostra.

La sensazione di essere non-adeguati al tempo che si vive, al giudizio degli amici o alle aspettative dei propri genitori/amori/amanti è stata da sempre la molla per qualsiasi normale frustrazione esistenziale, ma le donne sono diventate campionesse olimpioniche in questo sport. E svalutarci come una moneta fallimentare è il nostro hobby preferito.

Ma per fortuna, nonostante gli ostacoli, ci inventiamo ogni genere di spavalderia. Siamo in grado di simulare grinta e determinazione con la stessa abilità con cui simuliamo un orgasmo con un amante noioso.

Io, per esempio, mi butto a capofitto nelle situazioni più complicate come un kamikaze delle cause perse. Tutti credono che sia un'amazzone, una donna forte e sicura di sé, una specie di Wonder Woman che davanti a un ostacolo si slancia come un cavallo di razza a un concorso ippico. Ma quando mai?! Dietro questa messa in scena si nasconde una piccola, fragile signorina di altri tempi, tutta sospiri e singulti. Come nel racconto del *Mago di Oz*, quando scopriamo che il terribile mago altri non è che un omino piccolo e spaventato nascosto dietro un paravento. «Io sono Oz.» Certo come proclamazione d'identità suona meno romantica di «Madame Bovary, c'est moi», ma è sicuramente più sincera.

La piccola che è nascosta dentro di me miagola a ogni difficoltà, ma un sofisticato meccanismo sonoro fa uscire una voce possente e una risata che non sapevo di avere in repertorio. D'altronde dicono che l'insicurezza è la chiave necessaria per fare bene le cose e quindi va coltivata come una piantina bisognosa di cure. Ma le donne esagerano.

Ho visto scienziate pluripremiate perdere ogni razionalità in attesa di una telefonata "di lui" che non arriva o manager di ferro impazzire nell'istante in cui si accorgono di avere un'evidente ricrescita bianca alla base dei capelli. Stanno parlando al convegno degli industriali dei cuscinetti a sfera, di cui peraltro sono leader nel settore, ma tutto è perduto, compresa autorevolezza e competenza, per colpa di quell'aureola boreale color argento che sottolinea senza pietà gli anni che passano. Ma che t'importa? Il bilancio dell'anno è in attivo, sei a capo di una multinazionale, tutti ti rispettano o alla peggio ti temono e tu mi stai in ansia per quattro capelli? Sì. Eppure sono donne consolidate che hanno superato prove pazzesche e hanno dovuto studiare il doppio di un uomo per essere prese in considerazione, ma quel meccanismo di fragilità che risale alla notte dei tempi non dà tregua.

Sarò vestita adeguata? Sarò abbastanza preparata? Troppo truccata? Poco pettinata? Ho riso troppo? Gli sarò sembrata leggera e superficiale o seriosa e noiosa?

Non c'è attitudine pubblica o privata che non ci procuri l'ansia da prestazione. Anche l'uomo ce l'ha, ma solo per quella specifica prestazione, l'unica in cui teme di avere delle défaillance. Per il resto, il campo dell'ansia è tutto nostro.

Ogni donna sulla faccia della Terra potrebbe descrivere per filo e per segno il primo momento in cui si è sentita inadeguata, la scena primaria della sua insicurezza. Per una può risalire all'infanzia, per un'altra alla prima volta che lui ha frugato nel suo reggiseno e non ha trovato ancora niente. La delusione scolpita sul volto del fidanzatino rimarrà come una sindone impressa nella memoria. E questa è una delle ragioni per cui sono sempre in aumento le operazioni per accrescere di qualche taglia le tette di tutto il pianeta. Sono sguardi che non si dimenticano.

I segnali possono essere apparentemente più banali, ma non per questo premonitori di minor sofferenza. La prima volta che io mi sono sentita inadeguata è stata alle elementari, il giorno in cui ho notato di avere dei calzini con l'elastico moscio. Scendevano alle caviglie, non rimanevano aderenti e dignitosi come quelli delle mie compagne. Non ho gettato la responsabilità su mia madre, che comprava calzini scadenti per risparmiare o riciclava quelli di mia cugina di due anni più grande, ero sicura che in qualche modo la colpa fosse solo mia. C'era qualcosa in me che non andava, tanto che anche i miei calzettoni non obbedivano alle regole dominanti ma scivolavano giù come bandiere a mezz'asta facendomi sentire fuori luogo, inadatta a quella scuola e alle sue allieve.

Anche il mio portamento lasciava a desiderare. Una goffaggine da cucciolo mai cresciuto sottolineava il mio stato d'animo. Si notava soprattutto alle lezioni di danza classica, il mio incubo. Avrei preferito altri sport, ero già alta e avevo spalle larghe, non a caso più tardi al ginnasio sono diventata campionessa di nuoto stile rana, attività meno elegante ma ricca di successi e di impennate di autostima. Purtroppo in quinta elementare era il plié che dovevo affrontare, e non brillavo per grazia. Però alla signorina Ramazzini della scuola di danza del quartiere Coppedè puzzava il fiato. Mi dispiace rivelare dopo tanti anni un dettaglio così intimo, ma sospetto che questa fastidiosa alitosi abbia a che fare con la mia autostima; se non altro è stata il motivo del mio insuccesso alla sbarra. È una vigliaccata da parte mia non rispettare la privacy della Ramazzini ma, considerando che l'età della signorina era già allora parecchio avanzata, ora sarà morta e sepolta. Insomma, posso finalmente fare queste rivelazioni scabrose senza paura di urtare la sua sensibilità e vuoto il sacco. Mademoiselle Ramazzini si avvicinava di soppiatto alle ragazzine per correggere la postura della schiena, la sua specialità era una doppia mossa tipo karate: con una mano ti alzava il collo e con l'altra assestava un colpo secco ai poveri lombi fasciati dal tutù. Una sequenza micidiale che avrebbe dovuto formare il portamento fiero della ballerina ma che purtroppo era accompagnata da quel forte fastidio olfattivo, come una folata, un odore di naftalina e muffa misto a un residuo di aglio che arrivava improvviso come uno starnuto, veicolato dall'esclamazione: «Dritte con la schiena!» che la

Ramazzini ci urlava nelle orecchie a ogni istante. Mi veniva un istantaneo disturbo di stomaco, un attacco di nausea che rendeva impossibile mantenere la posizione richiesta. Chissà, se Mademoiselle si fosse rivolta a un buon gastroenterologo e avesse assunto degli antiacidi di nuova generazione, forse la mia carriera di ballerina classica sarebbe durata più a lungo, ma dopo pochi mesi di quella tortura simulai una slogatura alla caviglia e appesi le scarpette al chiodo.

Siamo tutti legati da una catena infinita di insicurezze, una collana di esseri umani che si giudicano "non all'altezza" fino a che qualcuno spezza l'incantesimo dichiarandoci stima e amore eterno. Ma anche questo palliativo dura poco. «Mi amerà quanto lo amo io? Mi meriterò la sua attenzione, sarò degna delle sue aspettative e/o di quelle dei suoi amici, parenti e affini fino alla quarta generazione?» E che palle! Mi torna sotto il naso un'improvvisa folata di Mademoiselle Ramazzini. L'unica salvezza è intraprendere un programma di esercizi per irrobustire le nostre fragilità ed eliminare per sempre ogni pensiero debole che ci riguardi. Perché ci concentriamo così tanto nella lotta contro i radicali liberi e non riusciamo ad armarci per combattere questi nemici molto più insidiosi?

Ecco uno sperimentato programma settimanale per il recupero della tonicità dell'autostima e la riduzione degli inestetismi dell'insicurezza cronica.

Per eliminare il pensiero autopunitivo.

Per porre un freno alla continua svalutazione di noi stessi.

Se vi sentite più inutili della Grecia in Europa.

Se anche solo un semplice: «Brava!» vi fa sobbalzare dalla sedia e vi costringe a voltarvi per scoprire a chi è rivolto. (Quando nella stanza ci siete solo voi...)

Se pensate che anche il vecchio portacenere pieno di cicche abbia più valore di voi e che la quinta replica di un telefilm di serie B meriti maggiore attenzione della vostra conversazione, allora la situazione è grave.

ESERCIZIO 1) *Toro scatenato*

Come Jake La Motta che non si dà per vinto e prima di uscire dal camerino per il suo spettacolo si mette davanti allo specchio e si ripete: «Sono il più forte, sono il più forte!» nonostante sia un uomo sconfitto e fallito, così voi, anche se non siete ridotte a quel punto, prima di un appuntamento importante ripetete sempre con convinzione davanti allo specchio del bagno: «Sono la mejo, sono la mejo!». Funziona ancor di più se si agitano i pugni all'aria simulando un combattimento.

ESERCIZIO 2) *Via col vento*

Come Miss Rossella nel plurireplicato film, giurate su ciò che avete di più caro, una borsa firmata e/o qualsiasi altra cosa, ripetendo la formula della O'Hara quando, impugnando un mucchietto di terra della sua amata Tara, esclamava: «Lo giuro davanti a Dio... non soffrirò mai più la fame». Voi modulate l'espressione sostituendo «Soffrirò la fame» con «Non soffrirò mai più di insicurezze, complessi d'inferiorità eccetera eccetera».

ESERCIZIO 3) *Il secondo sesso*

Scrivete sul vostro quadernetto mille volte la frase-mantra di Simone de Beauvoir: «Donne non si nasce: si diventa...», «Donne non si nasce: si diventa...», «Donne non si nasce: si diventa...», «Donne non si nasce: si diventa...». *Ad libitum.*

La morte

Io non riesco a togliere dalla mia rubrica telefonica i nomi degli amici morti. È una sciocchezza, lo so, è assurdo tenere numeri a cui non risponderebbero più. Ma la trovo un'operazione crudele, come farli morire di nuovo e perderli definitivamente. Così traccheggio, prendo tempo, evito l'ineluttabile comando "elimina voce".

Forse mi convinco che, se una volta per sbaglio schiaccio quel numero, il defunto possa rispondere. E allora io con entusiasmo direi: «Ehi, come stai?». Sarà pure la domanda più inutile da rivolgere a un morto, comunque per intavolare una conversazione è sempre meglio di: «Che fine hai fatto?». E l'amico scomparso o il parente ti faranno capire che sono come in un'altra città, hanno dovuto ricominciare da capo, non è stato facile all'inizio ma ora si trovano benino, no, io non li posso raggiungere perché "vivono" in una dimensione parallela, quella famosa dei neutrini del tunnel del Gran Sasso, ci arrivi quando le tue spoglie mortali diventano più piccole di un protone. Segue una spiegazione scientifica che non riesci a capire bene anche perché la linea è fortemente disturbata, ovvio, è da sempre che voglio cambiare gestore, già non mi prende da quartiere a quartiere, figurarsi se mi metto a chiamare una dimensione parallela.

Eppure una volta io mio padre l'ho visto. Dopo morto, intendo. Ero in Bretagna, in una cittadina chiamata Dinard. Un posto ricco di fascino retrò, con un'aria da antichi fasti d'inizio secolo, grandi hotel, casinò, ville gotiche a picco su un lungomare battuto dai venti, frastagliato di insenature che scoprono improvvise spiagge bianche, solo in certe ore, se l'alta marea le lascia libere dall'acqua e permette un'illusoria vita balneare.

Quando avviene questo misterioso fenomeno la cittadinanza accorre in massa: si montano cabine in fretta e furia, i bambini costruiscono castelli di sabbia, i fidanzati giocano a racchettoni, e fanno finta di trovarsi in uno stabilimento tra Rimini e Riccione per poi scappare di corsa richiudendo baracca e burattini appena l'acqua torna a ricoprire qualunque cosa. È dura la vita a barcamenarsi tra alta e bassa.

Passeggiavo a passo svelto con l'esigua speranza di smaltire un po' del vino rosso bevuto in abbondanza la sera prima, quando da lontano vedo mio padre. È di spalle. Ci sono alcuni tratti dei propri genitori che è impossibile dimenticare, anche se sono scomparsi da molto tempo: un modo di tenere le braccia quando passeggiano, il colore della pelle del collo picchiettata dalle lentiggini dell'età. Il dettaglio che mi ha convinto è stato quella specie di doppiomento che gli veniva sempre quando piegava la testa per concentrare lo sguardo, proprio come stava facendo ora fissando l'insegna di un ristorante di pesce.

Era lui.

Forse si trovava in gita dalla sua dimensione lontana, credo di aver capito che ogni tanto li lasciano andare per una giornata di libertà, tanto per respirare l'aria del passato, e un gaudente come il mio papà aveva scelto Dinard, posticino perfetto per ritornare un po' con i piedi per terra. Ostriche e champagne gli ricordavano sicuramente quell'avventuroso e lungo viaggio Roma-Parigi-Londra e ritorno sulla Lancia Asturia di famiglia con i nonni, le zie piccole e l'autista alla guida, tutti intabarrati dentro gli spolverini, che si chiamano così perché servivano proprio a ripararsi dalla polvere delle strade di allora. A ogni tappa un tipo di *huîtres* diverse: le *fines de claire*, le *spéciales de claire*, le *bélons* a carne bianca e le *marennes* a carne verde. Me le aveva insegnate tutte e le conoscevo meglio dell'abbecedario.

A convincermi definitivamente della sua identità sono stati i sandali di pelle all'inglese, quelli che gli faceva confezionare su misura il nonno in un negozio di Bond Street a Londra, dove ordinava anche le camicie, un bugigattolo che ancora esiste tale e quale. I maschi della mia famiglia non sono mai stati ragionevoli. Pensando ai mezzi di trasporto a loro disposizione mi sembra particolarmente onerosa e poco pratica l'idea di farsi confezionare capi di vestiario a migliaia di chilometri di distanza, rocambolesca pure la consegna per non parlare delle prove, ma era inutile discutere: si faceva così e basta. Per fortuna i vestiti si potevano far fare anche a Napoli, dove pare ci fossero i sarti migliori, ma le stoffe sempre dall'Inghilterra dovevano arrivare, assieme ai kilt per le ragazzine.

Mi sono avvicinata piano, non volevo spaventarlo, era già morto da più di quindici anni e rivedermi all'improvviso poteva essere traumatico, ammesso che i defunti siano ancora in grado di provare traumi: visto che hanno superato la morte non credo ci sia più nulla che possa impressionarli. In ogni caso era meglio prendere tutte le precauzioni. Purtroppo appena gli sono stata dietro è subito diventato un altro. Si è trasformato in un anonimo signore francese che solo alla lontana ricordava mio padre. Lo sospettavo. Lui sicuramente non voleva dileguarsi ma è stato costretto perché è proibito ogni contatto tra vivi e morti, è una legge severissima che non si può violare. Non c'è verso e ci sono solo rarissime eccezioni, tipo quando uno risorge, ma non era questo il caso. Vi potete industriare quanto vi pare, ma le regole sono le regole.

Anche se la tenera leggenda di *Ghost* vuole farci credere il contrario, i contatti con l'aldilà non sono così semplici. Pensate che in Messico, il 2 Novembre, cucinano piatti prelibati per i parenti scomparsi e si caricano le pignatte fino al camposanto, dove si accampano con cuscini e coperte per la veglia. Dicono che il cibo sia l'esca più adatta per attirare i congiunti dall'oltretomba. Sembra che l'unica cosa di cui si senta nostalgia, una volta morti, sia la cucina di casa, e questo getta una luce inquietante su tutto il resto, famiglia compresa. Insomma, parenti e amici affollano i cimiteri mentre profumi prelibati si alzano da decine di pentole fumanti. Rimangono lì tutta la notte, vecchi e bambini compresi, nella speranza di attirare per un ultimo saluto i loro cari, cercando di guadagnarsi almeno un abbraccio grazie a un'ottima enchilada piccante. Ma quelli invece non scendono, guardano da lontano con l'acquolina in bocca e sadicamente aspettano che la famiglia esausta, sopraffatta dal sonno, chiuda per un attimo gli occhi. Solo allora si buttano in picchiata come pipistrelli, prendono al volo quello che possono arraffare e si dileguano con la bocca piena. Non è detto che gli esseri umani migliorino dopo il trapasso.

Sono rare le storie che narrano di ricongiungimenti realmente avvenuti e spesso si tratta di bufale per riempire i programmi tv sui fenomeni paranormali. Eppure il più grande desiderio di ogni essere vivente resta da sempre quello di sapere che succede dall'altra parte, ammesso che ci sia un al-di-là rispetto all'al-di-qua. I tentativi di incontri ravvicinati sono continui ed estenuanti: dal mito di Orfeo ed Euridice all'Inferno di Dante, dagli zombie di Romero a Edgar Allan Poe, si continua a fantasticare su questi *vis à vis* impossibili.

In mancanza d'altro ci piacerebbe dialogare almeno con le anime dei defunti: dateci un'essenza, un semplice agglomerato di atomi con cui impostare una conversazione. Tutto, ma non il corpo da solo. Il corpo da solo non ci basta. Il corpo senza vita e senza cervello è molto poco attraente.

La vista di un cadavere nudo e crudo è un'esperienza veramente scoraggiante. Nonostante tutte le autopsie a cui abbiamo assistito in tv e le centinaia di morti accumulati nella nostra memoria di spettatori, non siamo mai preparati alla vista di una salma vera. L'impatto è terribilmente avvilente. Non per quel che si vede ma per quel che non si vede.

Il dramma è che da vedere non c'è niente: la delusione di quanto poco resta dell'intera vita di una persona amata è difficilmente descrivibile. Uno si aspetta di entrare in contatto con la quintessenza dell'universo o con il segreto della missione umana sulla Terra e invece ci ritroviamo davanti a un manichino del museo delle cere: è un dolore impossibile da sostenere. Non so chi abbia organizzato tutto questo ma poteva risparmiarsi il momento del cadavere senza vita, senza ricordi, senza memoria, senza niente più che significhi qualcosa. È il vero motivo per cui rinneghiamo la morte e la nascondiamo: non vogliamo accettare quel nulla irrigidito che dovrebbe corrispondere a mia mamma o a un mio amico.

È insopportabile. Inoltre è una cattiveria impressionante privarci di una spiegazione dalla viva voce dei diretti interessati. Ci servirebbe pochissimo, una piccola apparizione del caro estinto in questione che ci illustri con parole semplici, come avviene nei film, il come e il perché della faccenda. Poche chiacchiere e qualche rassicurazione cambierebbero completamente il nostro atteggiamento sospettoso e, vogliamo dirlo, piuttosto carico d'angoscia al pensiero dell'ultima dipartita. Per sopperire a questo mancato incontro siamo costretti a inventarci zombie, vampiri e ogni genere di diavoleria, quando basterebbe così poco per rasserenarci e fare pace con la signora della falce. Eppure siamo attratti dalle storie di morte violenta. Ci sono programmi tv che campano sulle nostre debolezze da anni, attizzano gli istinti peggiori inoltrandosi morbosamente in dettagli macabri che includono misura e dimensione di tagli, quantità di liquidi seminali, tracce ematiche sparse sul pavimento, buchi di pallottole o evidenti segni di soffocamento. Ogni ricostruzione prevede la minuziosa descrizione dell'anatomopatologo più gettonato di turno che ci riferirà orario, modalità del decesso e tutti i particolari della vita intima della vittima, dal modello di mutande preferito ai gusti sessuali, fino a quello che ha mangiato poco prima di schiattare.

Ormai il cadavere televisivo è come un conoscente di vecchia data, quasi un parente, lo chiamiamo confidenzialmente per nome e va a finire che lo frequentiamo più del nostro migliore amico. La vittima del caso criminale vive a casa nostra, si siede con noi a cena e dorme sul nostro divano, mentre il nostro morto di famiglia ci terrorizza.

In India bruciano i loro defunti e chi se lo può permettere sparge le ceneri nelle acque del sacro fiume Gange, che possiede la taumaturgica virtù di purificarci e accorciare la lunga strada che ci porta al Nirvana. Tutti sperano di morire a Varanasi, la città santa bagnata dalla madre Ganga. I maharaja più ricchi si costruivano splendide ville lungo il fiume dove venivano a passare gli ultimi giorni della loro esistenza, già posizionati *pieds dans l'eau* per usufruire senza intoppi dei vantaggi ultraterreni. Ma non tutti possono permettersi questo lusso e se muori troppo lontano ti accontenti di affluenti o surrogati; però se vivi nelle vicinanze ci provi – o meglio, lo fanno i tuoi parenti per te.

Una volta mi sono ritrovata pressata in un infernale ingorgo alle porte di Varanasi. Si sudava allegramente dentro un classico taxi modello Ambassador (ovvero l'unico modello allora esistente in India), finestrini spalancati, quaranta gradi all'ombra, velocità di crociera pari allo zero, quando si accosta un'altra vettura che procedeva a passo d'uomo come la nostra. Stipata dentro, una famiglia al completo che ci saluta con riservata educazione. Dietro la mamma con una serie di ragazzini, davanti il padre al volante con accanto quello che poteva essere il figlio maggiore. Tutti e due gli uomini di casa tenevano un braccio fuori dal finestrino per sostenere qualcosa piazzato sul tetto dell'auto, un ingombro appoggiato direttamente sulla lamiera infuocata, senza l'aiuto del portapacchi. L'involucro era lungo e stretto, avvolto in un lenzuolo bianco, assicurato alla macchina solo da una sottile corda di iuta. Dentro c'era lo zio Ankur, come ci ha spiegato il capofamiglia dopo un'ora passata insieme a dividere la fila. Ormai eravamo entrati in confidenza e ci raccontò che lo stavano portando a bruciare sui sacri *ghats* del Gange; avevano percorso più di cento chilometri e speravano di arrivare prima del tramonto visto che avevano già prenotato la funzione. Le condizioni climatiche preoccupavano i nostri nuovi amici: con quel caldo la salma poteva compromettersi e sarebbe stato un vero peccato dato che l'avevano composta così bene, lavata con pasta di sandalo e cosparsa di curcuma, come ci hanno illustrato minuziosamente e chiesto di constatare con i nostri stessi occhi.

In effetti lo zio era ancora in perfetta forma per essere morto, leggermente abbronzato e con dei bei baffi lucidati all'olio di sesamo. Ci siamo complimentati per l'ottimo lavoro che avevano fatto e per la delicata composizione di frangipani che incoronavano la testa. Insomma una conversazione come un'altra, intercalata da disquisizioni sul ritardo dei monsoni stagionali e sul miglior indirizzo in città per mangiare il vero tandoori. Tra una chiacchiera e l'altra la famiglia passava a turno un po' di acqua fresca sul volto baffuto dello zio e poi lo ricopriva con il suo bel lenzuolo bianco per proteggerlo dai raggi impietosi.

Non so perché, né cosa mi è capitato, ma da quel pomeriggio lontano io non ho mai più avuto paura della morte.

Coppie vs single (e viceversa)

«Nec sine te, nec tecum vivere possum.»
Ovidio

Ci sono due partiti che non si presentano mai alle elezioni, ma se lo facessero assisteremmo finalmente a una campagna elettorale degna di nota e meno noiosa del solito. Non è questione di destra e sinistra né di altre ideologie più o meno tramontate, l'unica vera divisione nel mondo degli umani è tra coppie e single. È una di quelle banalità inaudite che purtroppo racchiudono grandi verità.

Da una parte ci sono le coppie con i loro rituali rassicuranti e dall'altra gli scalpitanti single. Ciascuna specie diversifica comportamenti e habitat naturali dalla categoria avversaria. Ma, come nel trasformismo politico più tradizionale, spesso un esponente di una formazione zompa dall'altra parte e cambia bandiera, in rispetto al classico bipolarismo imperfetto all'italiana. Secondo le statistiche pare che per la prima volta nella storia il partito dei single stia sorpassando per numero quello degli accoppiati, ma i dati sono ancora in discussione.

La particolarità di questo scontro dipende dalla perenne insoddisfazione degli iscritti a quietarsi nel proprio club di appartenenza. Di solito chi non è fidanzato sotto sotto cova un'invidia profonda per l'accoppiato e per le sue rassicuranti serate a due con pantofole-coperta-cenetta-film-nanna. Inutile aggiungere che gli eterni fidanzati sognano la libertà assoluta di sbriciolare in perfetta solitudine un intero panino dentro al lettone tenendo accesa la tv, la luce, il computer e lo stereo, senza che nessuno protesti se non l'inquilino del piano di sotto, ma quello mica ce lo siamo sposato.

In realtà non siamo mai contenti e ognuno dei due partiti ci piace solo da lontano. Ambedue gli schieramenti si guardano in cagnesco e si invidiano: ma non per le possibilità erotiche del freelance o per la complicità della coppia davanti alle grandi scelte della vita. No, si rosica sulle piccole, meschine trasgressioni quotidiane per cui vale la pena di stare al mondo. Lasciare il tubetto del dentifricio aperto senza che nessuno te lo faccia notare è una conquista dei single. Uscire insieme a cena con la tuta, senza agghindarsi a festa, è un privilegio delle coppie. Cenare in piedi davanti al frigorifero aperto è una meravigliosa perversione da single. Ricevere la colazione a letto con la giusta dose di macchia nel caffè è una gioia da coppia. Mettere il piumino sul letto prima del tempo perché *tu* senti freddo: single. Trovare, la sera quando torni a casa, apparecchiato, cucinato, con vino già stappato: coppia. Non andare in gita il weekend: single. Andare in gita il weekend: coppia. Dormire come l'uomo di Leonardo occupando ogni centimetro del letto: single. Dormire attaccati a cucchiaio: coppia.

«Sempre libera degg'io folleggiare di gioia in gioia» è un mito duro a morire, ma se avete il terrore di prendervi l'influenza perché nessuno verrà a portarvi la spremutina prima o poi cambierete schieramento, salvo pentirvene amaramente un secondo dopo. In amore si comincia pensando: "Ma come mai lui così fantastico sta con me?" e si finisce con "Ma perché io così meravigliosa sto con lui?". E si torna single.

Questi passaggi da un settore all'altro oggi sono molto più frequenti di una volta; ormai siamo in presenza di un cambio di casacca frenetico, sconosciuto ai nostri nonni. A distanza di una sola estate ho incontrato una conoscente che era passata dallo status di accoppiata a quello di single e di nuovo allo status di accoppiata, ma con un altro. Il tutto è avvenuto così velocemente che io non mi sono neanche accorta del cambio di partner e ho salutato il nuovo fidanzato come se fosse l'ex marito. Grazie al cielo ho evitato la classica gaffe visto che lei, per gentilezza nei confronti degli amici, li aveva scelti con lo stesso nome di battesimo.

Non dimentichiamo poi la famosa casistica del ritorno di fiamma, un classico dei più gettonati quando si è convinti che il destino non si può contrariare. Questo fenomeno è esemplificato dal doppio matrimonio di Elizabeth Taylor e Richard Burton, la coppia più turbolenta e appassionata che abbia mai animato le cronache mondane. Altro che i Beckham o Belén e Corona, povere uova di lompo in confronto al caviale di Lizandick. Due soggetti che erano diventati una parola sola, "Lizandick" appunto, un neologismo inventato dalla stampa internazionale per definire questo intreccio perverso di passione, gioielli, figli, urla, pellicce, fughe, barche, case, scenate e tanti drink. Ma leggete cosa scriveva Richard alla sua Eli tra il primo divorzio e il secondo matrimonio: «Sarò punito in eterno dagli dèi, perché mi hanno donato un fuoco che io ho cercato di spegnere. E il fuoco naturalmente sei tu».

Davanti a questa dichiarazione d'amore me lo sarei risposato anch'io più di una volta, invece banalmente ho sempre contratto matrimoni con persone diverse.

Il "ripensamento" è più frequente di quel che sembra, spesso la coppia ci riprova, insiste, non sempre funziona ma state attenti, a volte ritornano... insieme. Per queste delicate ragioni, se state consolando una cara amica che è stata appena lasciata, è sempre sconsigliabile aizzarla contro l'ex partner. Anche se siete armati delle migliori intenzioni e lo fate solo per assecondarla, rimanete un passo indietro. Quando lei lo definirà un vero stronzo basterà annuire con discrezione, senza aggiungere altri insulti che pure vi sgorgherebbero dal cuore, visto che il tipo non vi è mai stato simpatico e finalmente si è tolto dai piedi. Non sbilanciatevi mai con dichiarazioni, anche se vere, di cui un giorno potreste pentirvi, tralasciate la sua calvizie incipiente e quella propensione per il braccio corto. La legge del contrappasso non perdona e le dinamiche di coppia sono micidiali. Appena avranno fatto pace e staranno per sposarsi quella che è ancora per poco una cara amica riferirà con velenosa soddisfazione le vostre acide critiche, comprese quelle affermazioni un po' denigratorie sulla panzetta e la pelata. Sarete messi al bando e in un istante una pietra tombale cadrà per sempre sulla vostra secolare amicizia.

Nell'eterna battaglia coppie vs single io ho militato in tutti e due i partiti avversari con vari salti della quaglia, però – lo confesso – ho un debole per la vita di coppia, si adatta di più al mio orizzonte romantico e al mio carattere polemico. Un insieme schizofrenico di attitudini che crea quella giusta alchimia per non annoiarsi mai.

E poi non c'è niente di più bello nella vita che discutere e litigare – non troppo, solo quel tanto che dona un po' di brio alla giornata – e senza un partner con cui prendersela non c'è gusto. L'importante, mi diceva sempre mia zia, è fare litigate superficiali e dimenticarsele in un attimo. Io sono capace di passare dalla rabbia più forsennata alla leggerezza della rassicurante domanda: «Senti, ma che ci mangiamo a cena?». Deliziosa espressione che chiosa la quintessenza della vita a due, perfetta per concludere ogni discussione feroce e riappacificarsi almeno fino al caffè.

Di tutt'altra portata, ma non meno intrigante, è il litigio perpetuo, ma bisogna essere dei veri artisti della coppia per arrivare al capolavoro. Il più riuscito è sicuramente quello descritto da Georges Simenon nel romanzo *Il gatto*, dove Émile e Marguerite non si parlano più da anni. Lui è convinto che lei gli abbia ucciso il suo amato gatto e per vendetta ha fatto fuori l'adorato pappagallo della moglie. La coppia continuerà a comunicare il proprio rancore scambiandosi bigliettini pieni di veleno, l'orgoglio impedirà a Émile e Marguerite di rivolgersi mezza parola per tutto il resto della loro vita, ma questo risentimento profondo li unirà per sempre. L'odio può essere un fantastico collante per una vita a due, un sentimento deciso, senza sfumature, che può attrarre più dell'amore stesso.

C'è poco da fare, in questa ingarbugliata materia avevano capito tutto gli U2: «I can't live with or without you», che come si sa è un classico campionato da Ovidio, nonché frase di inesauribile saggezza. È proprio questa diabolica impossibilità di vivere *con te* ma anche *senza di te* che attrae e respinge da sempre i componenti della coppia e li trasforma in single o viceversa. Misteriosa forza centrifuga e centripeta che ha fornito materiale per tutta la letteratura mondiale, *Anna Karenina* compresa. Non a caso l'autore Lev Tolstoj e sua moglie fuori dai romanzi sono stati l'esempio più illustre di questa follia, uniti da un'attrazione fatale ma devastati da un'incomprensione profonda.

Quello che mi ha sempre colpito nelle biografie dei grandi della storia è la minutaglia quotidiana che li avvicina a noi comuni mortali. Le piccole idiosincrasie che anche il più alto dei geni coltiva sono, al netto delle opere d'ingegno, il succo dell'esistenza umana. Lev e Sof'ja, nella convivenza quotidiana, litigavano spesso, era tutto un "guerra e pace" ma per cose molto meno nobili della letteratura e della filosofia. Avevano gusti parecchio diversi, persino nella gestione della casa e nella scelta delle tazzine da caffè.

Per fortuna al tempo dello scrittore non c'era il televisore con mille satellitari tra cui scegliere, altrimenti la povera Sof'ja Tolstaja oltre a copiare a mano tutto *Guerra e pace* si sarebbe dovuta sorbire pure le partite di calcio e non avrebbe mai potuto aprire bocca per vedersi un bel film romantico di sua scelta.

«Per quarantotto anni ho vissuto con Lev Nikolaevič ma non ho mica capito che uomo fosse.» Questa semplice dichiarazione di Sof'ja, tratta dai suoi diari, è l'epigrafe definitiva sulla vita di coppia. Non c'è da chiedersi perché il protagonista di *Sonata a Kreutzer* uccida la moglie senza pietà. Nella vita vera, invece, Tolstoj muore a ottantadue anni mentre tenta di fuggire dalla famiglia e in particolare dall'amata consorte, dopo averle lasciato solo un biglietto con scritto: «Ti consiglio di rassegnarti». Ma durante il viaggio si becca una polmonite e viene ricoverato nella casa di un anonimo capostazione. Pare che gli amici non abbiano fatto entrare Sof'ja nella stanza dello scrittore morente fino a che il poveretto non perse definitivamente conoscenza, erano terrorizzati all'idea dell'ultima litigata sul letto di morte. Ma, durante i loro cinquant'anni insieme, la strana coppia ha avuto tredici figli e si è amata alla follia, come testimoniano le quasi novecento lettere appassionate che Lev ha scritto a Sof'ja.

«Me ne sto qui da solo nella stanza tutto scombussolato; ho appena finito di leggere la tua lettera e non so dirti tutta la tenerezza che provo per te, fino alle lacrime, e non solo ora, ma in ogni istante della mia giornata. Anima mia, mia dolce. La migliore fra le donne. Per l'amor di Dio, non smettere di scrivermi, scrivimi ogni giorno...

P.S. Il seguito del Romanzo ancora da copiare è rimasto a casa? Lev.»

Il post scriptum è nel testo originale. Il romanzo di cui si parla è *Guerra e pace*, che costò a Sof'ja sette anni di duro lavoro da amanuense e che infine fu lei stessa a far pubblicare. A dimostrazione della fondatezza delle nostre tesi che ribadiscono la molteplicità di sfumature – alte e basse – di cui è fatta ogni vita matrimoniale, seppur nobile come quella del più grande scrittore russo.

Se il compito dei dongiovanni, uomini e donne, è quello di volare di fior in fiore, spesso accumulando in questa frenesia collezionista un'insostenibile stanchezza, l'obiettivo degli accoppiati invece è prendersela comoda. Per questo hanno un aspetto più rilassato dei single, a volte così rilassato che rischiano di perdere i contorni e scomparire. La colpa è del terribile nemico sempre in agguato nella vita di coppia, lo spettro di ogni convivenza, ovvero l'abitudine. Una sindrome che continua a essere posta sotto la lente d'ingrandimento da studiosi e appassionati di ogni epoca. Marcel Proust ha scritto pagine importanti sulla trasformazione in stato gassoso delle persone che hai sotto gli occhi ventiquattr'ore su ventiquattro, tutti i santi giorni, da anni. Diventano trasparenti. Semplicemente non le vediamo più. Possono presentarsi con un altro colore di capelli, senza barba o addirittura con una gamba sola e noi continueremo a parlargli del bagno che perde senza battere ciglio. Si sono dissolti, non hanno più lineamenti, sono solo una voce familiare che riempie uno spazio. Per quanto sia suadente e rassicurante, è difficile provare attrazione sessuale per una voce. L'annoso problema dell'abbraccio mortale tra sesso e abitudine non ha ancora trovato una soluzione. Mentre gli eterni fidanzati si arrovellano per dare una botta di vita alla loro convivenza assonnata, nell'appartamento accanto c'è sicuramente una single che sogna di infilarsi nel letto della persona amata munita di calzerotti di lana cotta e pigiama spaiato senza l'ansia di perdere neanche un'anticchia di sex appeal. È un mondo all'incontrario e dobbiamo tenercelo così.

Oggi però confidiamo in un miglioramento antropologico della specie umana, grazie alle nuove generazioni. Anche se bistrattati per l'esagerato uso di sms striminziti al posto di più auliche dichiarazioni d'amore, i giovani ci sorprenderanno. Già stanno ribaltando tante granitiche tradizioni. Si intravedono per il futuro nuove forme di convivenza, ibridi indefinibili che contemplano svariati single che abitano insieme per simpatia e strane famiglie dai numeri sempre dispari per abbattere finalmente la dittatura dei multipli di due.

Scusate, ma ora devo andare. Mi aspetta una seratina a base di telefilm, cenetta con vassoio sul divano e, come dice sempre un mio amico piuttosto cinico: «Insieme o da soli, l'importante alla fine è che la pasta non esca scotta».

La noia

«La noia siamo noi.»
Franca Valeri

La noia non è più quella di una volta. Non parlo dello spleen elegante e borghese descritto da Alberto Moravia e dagli scrittori esistenzialisti francesi, ma di quella leggera e apparentemente inutile di quando eravamo ragazzini. Allora non c'erano ancora le mamme-smart che oggi vedete sfrecciare nel traffico cariche di figli, vere staffette metropolitane che affrontano a tempo di record un percorso a ostacoli tra ginnastica, chitarra, danza, tiro con l'arco, judo e nuoto sincronizzato, con sosta finale dallo psicologo per una seduta familiare al prezzo di una singola.

Prima nessuno si preoccupava di intrattenerti a tutti i costi. Il mondo dei grandi e quello dei ragazzini erano separati e andava bene così. Ognuno si viveva la sua vita e ci si ritrovava con i "grandi" solo in alcuni momenti deputati della giornata. Senza l'aiuto del computer e dell'elettronica la noia era il miglior amico che avevamo e non era così ripetitivo come la sequenza di un videogioco. Bisognava arrangiarsi da sé, visto che non era un problema dei tuoi genitori se passavi un intero pomeriggio in casa a ritagliare bambole di carta o a guardare le gocce di pioggia che rimbalzavano sul vetro. La noia portava consiglio e aguzzava l'ingegno. Con lo sguardo fisso sul nulla io proiettavo sulla finestra che dava sul cortile svariate fantasie futuribili: era un po' come stare al cinema, ma il film era la mia biografia ancora da girare.

Non ero sola, appartenevo a un piccolo esercito di adolescenti, ognuno intento a costruire il suo lungometraggio immaginario con lo sguardo fisso sulla finestra della cameretta. Allora dividevo la stanza con mia sorella più grande che per fortuna non era quasi mai in casa, già rapita dai primi amori, più che altro pretendenti senza speranza che la venivano a prendere con lo spiderino, ma mai sotto casa, sempre a due isolati di distanza per non farsi vedere dal cerbero genitore. Fino all'ora di cena avevo un mare di tempo per inventare le mie esistenze rocambolesche. All'inizio sono stata Jo di *Piccole Donne*, la più attaccabrighe delle quattro sorelle del romanzo della Alcott. Per intenderci, quella che si taglia i capelli alla maschiaccia e li vende quando servono i soldi in casa. Mia madre mi ha proibito di uscire per una settimana quando io e la mia compagna di banco ce li siamo tagliati a vicenda. Naturalmente nessuno ce li ha comprati, ma in ogni caso i soldi ce li saremmo tenuti per noi. Al contrario di Jo sembravamo scampate a una guerra atomica, almeno così ci aveva detto mio fratello, che si era appena iscritto a Ingegneria e quindi era un'autorità riconosciuta in ogni campo. Presto ho alzato il tiro e sono diventata principessa di Monaco. La mamma questa volta avrebbe approvato, visto che era stata una dei tre milioni di italiani che, da televisori casalinghi o apparecchi sistemati nei locali pubblici, avevano assistito al primo matrimonio reale in mondovisione. La diretta televisiva delle nozze di Grace Kelly con il principe Ranieri fu un evento memorabile per la sua generazione, io ero appena nata ma l'ondata emotiva deve aver turbato il mio inconscio tatuandolo con un marchio romantico (purtroppo indelebile) che mi ha inguaiato per sempre. L'abito da sposa della ex star hollywoodiana è ancora oggi termine di paragone inarrivabile per ogni vestito nuziale sulla faccia della Terra. La leggenda racconta che fu confezionato a mano da trentacinque sarte, dirette dalla stilista degli MGM Studios Helen Rose, tante mani esperte servivano per cucire ventiquattro metri di taffetà di seta, altrettanti di *gros de longre* (!) e non so quanto chilometraggio di pizzo valencienne. Più che un abito un'installazione, e infatti fu donato al museo d'arte di Philadelphia, dove tuttora è ammirato da una continua processione di anziane signore commosse fino alle lacrime.

Questa zuccherosa vicenda principesca non poteva sfuggire alle mie fantasie proiettate sul vetro della finestra, ma per fortuna durò poco perché il rock più maleducato la spazzò via in ventiquattr'ore. Con l'avvento dei capelloni strafottenti i nostri sogni fecero un'inversione a U e non furono più gli stessi. In poco tempo passai dalla principessa del castello al ruolo più ambito di moglie ufficiale di Mick Jagger, il cantante bello e dannato dei Rolling Stones. Nonostante le scelte ribelli e l'obiettivo non proprio da educanda, il sogno doveva concludersi sempre con la sottoscritta che convolava a giuste nozze.

Eravamo ancora ragazze difettose, con un sentimentalismo più vicino a Liala che a Simone de Beauvoir e, se ci avessero fatto l'esame del dna, avrebbero trovato tracce di principe azzurro sparse ovunque. Ci sarebbero voluti svariati decenni per migliorare la specie e mi sa che ancora non ne siamo del tutto fuori.

Insomma la storia andava così, era tutto previsto: Mick l'avrei conosciuto al palasport di Roma, dove stava per suonare con la band completa di Brian Jones, quello morto in piscina che allora era ancora vivo ma non proprio vegeto. Io avevo solo undici anni ma sapevo *Satisfaction* a memoria e avevo già una punta di tette: se ben apparecchiata potevo dimostrare anche quattordici, quindici anni, un'età perfetta per fidanzarsi e sposare una rockstar. Avevo obbligato mia sorella Saveria, che ancora ascoltava i Platters, ad accompagnarmi insieme alla mia amica Patty, che in realtà si chiamava Filomena Voiello e veniva dalla Puglia, ma poiché era innamorata di Keith Richards si era cambiata nome, nell'eventualità di dover rispondere alla fatidica domanda: «What's your name?». Filomena non poteva funzionare per uno che aveva una particolare simpatia per il diavolo e che dipingeva tutte le porte di nero. Il piano era questo: Mick sicuramente mi avrebbe notato durante il concerto, grazie anche a un miniabito arancione comprato per l'occasione, e alla fine mi avrebbe fatto chiamare dalle guardie del corpo per conoscermi. Una volta dietro le quinte si sarebbe comportato da gentiluomo inglese – con tutta la fama di maledetto sempre un gentleman era – e ci avrebbe invitato a cena, con mia sorella e Filomena in arte Patty che poi se la sarebbe vista con Keith, ma quelli erano affari suoi, insomma, non potevo occuparmi pure della trama dei sogni altrui, già la mia storia era faticosa e faceva acqua da tutte le parti.

Il primo ostacolo era mia madre, che aveva ordinato di riportarmi a casa per cena. Non era contenta di questa stranezza di andare a sentire della musica dentro a un palazzo dello sport, questi «Rolli», così li chiamava lei, manco fossero dei bigodini, non le andavano a genio per niente, aveva letto su «Oggi» o «Gente» che facevano pipì per strada davanti a tutti (!) e potete scommetterci che era sicuramente vero. Comunque nella mia storia Saveria avrebbe telefonato a casa spiegando il grande onore di cui eravamo state investite e buonanotte, poi con il macchinone ci avrebbero portato al Grand Hotel o all'Excelsior, dove era pronto un party scatenato... Ma già nel tragitto lui si sarebbe innamorato pazzamente di me, un'italiana così diversa dalle inglesine che gli ronzavano intorno, magre scheletriche alla Twiggy, banalmente bionde. Ad affascinarlo in particolare sarebbe stata la mia pronuncia inglese, un po' stentata ma molto sexy, almeno così mi aveva assicurato il mio giovane prof allo Shenker Institute School of English che frequentavo in vista di questo incontro.

Mick, prima di partire per la sua prossima tappa, si precipitava in quattro e quattro otto a chiedere la mia mano, che papà concedeva all'istante... e qui si arrivava a un altro punto dolente della trama. In realtà mio padre non sopportava nessun tipo di maschio ronzante attorno alle sue bambine, anche se ben vestito, ben pettinato e di famiglia conosciuta da svariate generazioni con l'albero genealogico pubblicato a dispense. A questo punto mi arrangiavo con un bel salto temporale, andavo in dissolvenza e tagliavo le scene inutili che non riuscivo a immaginare o non obbedivano ai miei desideri, si trattava solo di un sogno proiettato sulla finestra, mica dovevo andare al festival di Cannes. Ma insomma, grazie a queste opportune revisioni di sceneggiatura, si arrivava subito al party del mio matrimonio, in un castello scozzese dove erano stati invitati anche i Beatles, che seppur rivali alle cerimonie ufficiali andavano d'amore e d'accordo. C'erano tutti, la swinging London al completo e c'era anche... oh no! C'era pure mia nonna con la pelliccia di astrakan delle grandi occasioni, ma chi l'aveva invitata?

Qui la storia subito s'afflosciava come un soufflé venuto male. La visione di nonna Leonarda vicino a John Lennon era troppo, il film si sconquassava completamente e andava in pezzi, e allora ricominciavo da capo per trovare un andamento più plausibile. Ma nonna in pelliccia spuntava sempre fuori, non c'era verso di lasciarla a casa, si ficcava nei miei sogni con l'insistenza tipica del suo carattere volitivo e dittatoriale. Lo stesso piglio con cui sfiniva da sempre mia madre, troppo gentile e ossequiosa per tenerla a bada.

A quel punto era arrivata l'ora di cena e in tv iniziava *Carosello*, si poteva chiudere il primo tempo nella speranza che nonna entrasse nel film di qualcun altro.

Per la cronaca: poi Mick Jagger non l'ho più sposato, per fortuna aggiungo oggi, specialmente dopo aver letto una dettagliata biografia della sua fidanzata di allora che ci racconta la vita di coppia con la star come qualcosa di più vicino all'inferno che al paradiso terrestre che immaginavamo. A sentir lei, nonostante siano passati cinquant'anni, non è ancora riuscita a riprendersi, mentre lui nel frattempo ne ha fatta fuori un'altra mezza dozzina e sta benissimo.

Black is black

«Blackbird singing in the dead of night
Take these broken wings and learn to fly
All your life
You were only waiting for this moment to arise.»
The Beatles

Dicono che il nero sia l'assenza di luce. Mi piace di più pensarlo come il colore della disobbedienza. L'uniforme migliore da indossare per un momento di ribellione energica, quando non vogliamo essere accomunati a niente e a nessuno ma siamo concentrati soltanto sul nostro primo volo fuori dal nido. Solo per i distratti questa tinta tenebrosa è una massa senza sfumature. Chi frequenta con assiduità la materia conosce benissimo l'enorme differenza che passa tra il nero inchiostro e il nero seppia, per non parlare della delicata tonalità del nero carbone vibrante di luce e del sobrio nero polvere delle cerimonie ufficiali.

Nei secoli questo colore potente ha dato voce di volta in volta alla negazione, alla ribellione, alla protesta, all'aldilà. Noir sono le storie delittuose e non a caso le dark lady, donne perfide e potenti, sono sempre vestite di nero come le streghe, i vampiri e i corvi di Edgar Allan Poe. Più che un colore, una filosofia di vita.

Dopo qualche sporadico tentativo da parte di alcuni intellettuali anticonformisti che cantavano dolenti canzoni francesi con maglioncini di lana ruvida a collo alto, la mia generazione è stata di fatto la prima a sdoganare definitivamente il nero dalle gramaglie cimiteriali e iettatorie.

La prima maglietta "dark" l'ho indossata a tredici anni per andare al Cantagiro con mia cugina più grande. Era semplicemente una canottiera bianca dipinta di nero a mano con i colori Iride, sulla quale avevo ricamato con filo bianco, a punto catenella, la scritta «Viva i Corvi». Si trattava di uno dei primi gruppi beat dell'epoca, rimasto famoso per un solo brano, dal titolo *Un ragazzo di strada*, che naturalmente spopolava tra noi adolescenti con aspirazioni "emo" ante litteram. Non a caso, sul lato B di quel

45 giri era incisa la canzone *Datemi una lacrima per piangere*. I Corvi, fedeli al loro nome, si esibivano con un corvo vivo e vegeto appollaiato sul basso: roba fortemente eversiva che non si era mai vista sui palcoscenici nostrani. La sera che siamo scappate di nascosto per sentirli il corvo non doveva sentirsi troppo bene: sarà stato il viaggio o il caldo, ma si reggeva a stento sul manico dello strumento e oscillava a ogni schitarrata più forte. A un certo punto l'uccello ha pure mollato qualche escremento che, nell'imbarazzo generale, è finito sulla scarpa del bassista. Il giorno dopo ho scucito «Viva i Corvi» dalla canotta ma da allora il nero è rimasto un amico, il complice ideale per le imprese più difficili, l'arma segreta da sfoderare quando il gioco si fa duro.

Questa attrazione fatale si è rafforzata verso i diciott'anni frequentando la mia amica Marcellina e sua madre, sacerdotesse ante litteram di questo magnifico colore.

Quando il nero era ancora un tabù, alle ragazzine come me era proibita ogni tonalità scura. Al massimo ci veniva concessa una sfumatura blu notte per la gonna a pieghe della divisa di scuola o il grigio foncé del maglione da sci. Stop. A casa mia il nero era praticato solo nel lutto stretto o per qualche sontuoso abito da sera, ma in quel caso bisognava illuminarlo con paillettes per riflettere la luce o, meglio ancora, abbinarlo a diamanti sia al collo che alle orecchie per scaldare il tutto. Vengo da una famiglia nobile, piena di abiti da sera e gioielli, almeno prima che si vendessero tutto per sopraggiunte gravi difficoltà economiche. Ma per fortuna, all'epoca del crac, il nero andava già di moda e non c'era più bisogno di sotterfugi così dispendiosi per indossarlo liberamente. A casa di Marcellina, invece, erano tutti pensatori di sinistra: leggevano *Il Capitale*, frequentavano l'Istituto Gramsci, ascoltavano Dario Fo e le canzoni delle mondine e veneravano Guttuso, una miscela esplosiva che ha rovinato parecchie menti deboli.

Ma la mamma di Marci si era preservata integra. La ricordo come una donna fantastica che, nonostante le rigidità di casta della sinistra romana, riusciva a essere originale e fantasiosa. Da vera outsider, invece di collezionare le matrioske di famiglia si divertiva a dipingere dei mobilacci vecchi con la vernice nera lucida, dando vita ad arredi all'avanguardia per l'epoca. Oggi il nero imperversa in ogni capannone discount che vende mobili un tanto al chilo, ma allora era fortemente eccentrico e un tantino funereo prediligere questo colore per una libreria. Per non parlare di certi maglioni da uomo color inchiostro che tagliava creando degli scolli a barchetta molto femminili e avanguardistici, modelli che nel mio armadio hanno poi sbaragliato per sempre il duopolio imperante del "golfino girocollo" e del suo socio, lo scollo a "V", nei colori obbligati celeste Madonna e cacca di canarino, unici tristi capi che popolavano il guardaroba di una *jeune fille en fleur*.

La mamma di Marcellina mi regalò il primo maglione nero, tagliato su misura per me, e naturalmente ero costretta a indossarlo di nascosto dai miei. L'avrebbero buttato nel secchio all'istante. Eppure, con quella macchia di carbone addosso, mi sono sentita per la prima volta me stessa. Proprio come il brutto anatroccolo quando finalmente si trasforma in cigno. Facevamo tutte molta fatica ad assomigliare ai modelli femminili che ci appassionavano: erano per noi donne lontane, che indossavano collant colorati senza le mutandine sotto come le ragazze di *Blow-Up* di Michelangelo Antonioni. Irraggiungibili icone di stile e di sesso. Una volta la mia amica Stefania Zanardelli, dopo aver visto il fatidico film, ha provato a indossare anche lei le calze "a pelle". Ma purtroppo l'effetto fu sconvolgente. Una quantità di pelo pubico molto scuro restava schiacciato sotto la trama sottile di un leggero collant color carne, l'unico allora reperibile sul territorio italiano. Devastante. Un'immagine che ancora oggi mi ritorna in mente con orrore, sarà per quello che non ho mai più scelto il colore beige per le calze.

Il mercato dell'abbigliamento nostrano purtroppo non ci aiutava per niente. La differenza tra Carnaby Street a Londra e via Po a Roma era un abisso incolmabile. Pochissimi negozi uscivano dal seminato, solo qualcuno rischiava oltre la gonna di tweed. Ci si doveva arrangiare, rimboccarsi le maniche e dar libero sfogo alla fantasia. Non tutti i risultati erano all'altezza, ma nella confusione spiccavano alcuni colpi di genio come i leggendari pantaloni di Franchino detto il Dancing. Il soprannome se l'era guadagnato con un'assidua frequentazione dei pochi locali "per giovani" allora in auge nella capitale. Era molto fortunato perché i genitori gestivano una rinomata tappezzeria a Roma Nord e, grazie alle competenze familiari, poteva sfoggiare dei completi unici, realizzati su misura con gli scampoli avanzati da divani e poltrone. Ricordo con precisione un paio di pantaloni damascati giallo oro, con dei ramage di velluto che scendevano in due svasature esagerate rese possibili dall'inserimento di altri spicchi di stoffa con colori a contrasto: praticamente l'intero campionario.

Si chiamavano a zampa d'elefante proprio perché dovevano arrivare a terra più larghi possibile. Ma partivano molto attillati e con una vita decisamente bassa, alcuni la volevano talmente bassa che in merceria non si trovavano zip tanto corte per chiudere quei pochi centimetri sulla pancia. Il figlio della tappezziera aveva così esagerato che per i suoi pantaloni si era fatto cucire una chiusura lampo di sbieco, quasi orizzontale, sicuramente scomoda per certe funzioni corporali ma che esaltava al massimo il look del pantalone. Pare che una sera Mal dei Primitives, al locale beat Piper, sia rimasto talmente fulminato da quel modello così originale che offrì qualsiasi cifra pur di possederlo. Ma il figlio della tappezziera non li avrebbe ceduti per niente al mondo. Londra era lontana e noi non potevamo aspettare.

Per non farmi beccare dai miei, io mi vestivo sempre a strati. Sotto minigonna e minipull, sopra abito da educanda che mi sfilavo in ascensore e che ficcavo nella borsa. L'importante era arrivare all'entrata di scuola vestita "giusta" tanto da superare l'esame degli sguardi taglienti dei maschi. I compagni più che guardarti ti perquisivano con gli occhi. Eravamo animali di genere maschile e femminile che si annusavano guardinghi, pronti all'attacco, e i vestiti erano la nostra coda di pavone, criniera di leone, culo di macaco: la concorrenza era spietata.

Questa era l'adolescenza, poi il nero per me è diventato un'abitudine. Un modo per nascondersi meglio. Una divisa militare per allontanare ogni sospetto di frivolezza. Un metodo infallibile per trasformarsi come Superman in cinque secondi ed essere subito sexy ed elegante. Ogni donna al mondo lo sa e per questo tiene da conto il suo *little black dress* di riferimento. L'arma di seduzione di massa. L'abito nero che ti trasforma in una fica spaziale quando solo un attimo prima eri una cozza a pedali. Super-firmato o un semplice straccio riperticato al banco delle offerte, l'importante è che sia il "tuo" vestitino nero, quello dal quale ti hanno separato alla nascita, l'anima gemella che aspettavi da sempre. Vi innamorerete al primo sguardo e non sarà più possibile lasciarsi.

Il mio problema è stato il moltiplicarsi nel tempo di questi colpi di fulmine, una quantità di incontri ravvicinati ai quali non ho saputo resistere, e così oggi, per cercare qualcosa nel mio armadio, sono costretta a toccare i tessuti uno a uno, come in una caverna buia (anche Platone deve aver avuto gli stessi problemi). Ombre indistinte, tutto è ormai irrimediabilmente nero. Spero in un segno, in una piega, in un orlo sfrangettato, qualcosa a cui attaccarmi, che mi aiuti a distinguere un capo dall'altro. E invece mi devo trasformare in una rabdomante alla ricerca dell'acqua. Annuso l'aria e cerco segni premonitori, ma è notte fonda tra le ante bianche del guardaroba di Ikea. Anche i cassetti sono neri di calze e gli scaffali traboccano di maglioni che sembrano rubati all'intera popolazione degli esistenzialisti francesi. Dopo lunghi allenamenti, però, il mio occhio esperto è diventato abile nel cogliere la differenza tra due capi apparentemente identici. Il diavolo si nasconde nei dettagli. Non è vero, come afferma qualche mio conoscente superficiale, che mi compro sempre lo stesso identico vestito.

Certo, una predilezione non si può negare: per capire qual è il mio *comfort dress* di riferimento dovete scoprire, se ancora non le conoscete, le opere del pittore romano Piero Pizzi Cannella. Lui ha incarnato il mio ideale di *petite robe noire* in una serie infinita di tele strepitose. Per un lungo periodo della sua smagliante carriera, Pizzi ha dipinto solo vestiti appesi nel vuoto, principalmente neri. Il modello è ricorrente ed è quello perfetto: scollo profondo sul davanti, punto vita segnato stretto e una svasatura fluttuante che, con qualche pennellata più leggera, arriva a un ipotetico ginocchio. Ipotetico perché il corpo dentro al vestito non c'è. Lo devi aggiungere con la tua immaginazione. Ognuna di noi si può infilare di soppiatto nel dipinto che sta osservando e trasformarsi finalmente nella donna che avrebbe sempre voluto essere. Grazie al talento di un grande artista, il gioco è fatto e il sogno è realizzato.

P.S. Marcellina ora vive in Brasile e la immagino vestita solo di fiori colorati, sua mamma non c'è più e neanche la mia. All'epoca appartenevano a due universi separati che non si sarebbero mai incontrati, come due rette parallele. Ora le penso sedute insieme su una nuvola che ci guardano benevole, una in total black, l'altra con il suo "Giulietta e Romeo" beige con spilla sul davanti. Da vive non avevano niente in comune. Ora insieme se la ridono di noi.

Un pesante fardello

«La mia valigia, casa a tracolla.»
Litfiba

Invidio fortemente chi riesce a fare valigie leggere come libellule. Chi non ha mai la borsa sformata da un'infinita quantità di oggetti ritenuti necessari anche solo per spostarsi da casa per qualche oretta. Mi rendo conto solo ora che queste confessioni sono stracariche di bagagli, sacche e sporte. È evidente che questo trasloco perpetuo si riveli un problema molto serio per me.

I pesi sono sempre stati una costante della mia vita, con conseguente indolenzimento degli arti superiori e un diffuso mal di schiena da carico. Credo che questa mia attitudine al trasporto pesante serva per quietare un senso di colpa atavico che qualcuno – sospetto fortemente mia madre – mi avrebbe inculcato sin dalla nascita, tanto da convincermi che il solo semplice e innocente fatto di essere venuta al mondo meriti già un'autopunizione, figuriamoci il resto.

Ho elaborato questa giustificazione filosofica alla mia insensatezza dopo aver visto il film *Mission*, in cui Robert De Niro, per espiare colpe innominabili, si trascina su per le montagne andine un sacco pieno di ferraglie pesantissime, armi e armature della sua precedente vita da peccatore schiavista.

Sono sicura che la mia borsa a tracolla abbia lo stesso peso specifico, un vero fardello che genera sospetti: se per un malaugurato caso dovessi essere perquisita mi troverei in una situazione veramente imbarazzante.

In caserma

MARESCIALLO: Apra quella borsa, forza, perché è così pesante? Cosa ci tiene?

SOSPETTATA: Le solite cose...

MARESCIALLO: ... una borsa a tracolla di dieci chili? Le solite cose? Ma a chi la vuole dare a bere?

SOSPETTATA: Glielo giuro sono uscita stamattina solo con lo stretto indispensabile e...

MARESCIALLO: Indispensabile per cosa?

SOSPETTATA: Non credo di tornare a casa per cena e allora ho portato qualche cosina in più, non si sa mai...

MARESCIALLO: Non è possibile che «qualche cosina in più» pesi così tanto! Dica la verità: ci sono armi, bombe a mano, una mitraglietta? Faccia vedere! Brigadiere, proceda con la perquisizione...

SOSPETTATA: È proprio necessario?

MARESCIALLO: Indispensabile.

Verbale compilato dal brigadiere Franzetti.

Il giorno eccetera eccetera, dopo aver svuotato e scrollato la borsa in pelle color fango della sospettata Serena eccetera eccetera, sul tavolo della Questura risultavano i seguenti reperti:

- Numero una busta trucchi vuota
- Numero tre rossetti
- Uno scatolo cipria
- Uno scatolo con scritta «fard» contenente polvere rossa
- Una boccetta di profumo 100 ml dal nome *L'air du rien*
- Varie paia di occhiali: da vicino, da lontano, un paio da sole con una lente mancante
- Portaocchiali corrispettivi contenenti inspiegabilmente forcine per capelli, un paio di orecchini tipo perle e una banconota da cinque euro
- Due pacchetti di sigarette consumati a metà
- Due accendini, di cui uno extrasize da cucina
- Una lente da sole probabilmente appartenente all'occhiale di cui sopra
- Una bottiglia da mezzo litro di acqua minerale quasi finita
- Un portafoglio in similpelle rosso fuoco contenente biglietti da visita, scontrini fiscali e alcune buste igieniche per raccogliere escrementi di cane

- Antidolorifici, antipiretici, antibiotici sparsi, qualcuno scaduto
- Carta da alimentari contenente circa un etto di ricotta romana
- Numero due evidenziatori colore arancione e verde. Uno senza cappuccio
- Numero una stilografica scarica che ha vistosamente macchiato un angolo della suddetta borsa
- Mezzo cornetto in evidente stato di essiccazione
- Una spazzola
- Una spazzoletta
- Una lacca mignon genere ecologico
- Svariati elastici per capelli di differenti colori
- Un bracciale rotto
- Un computer definito portatile
- Un telefonino con schermo scheggiato ma funzionante
- Un caricabatterie per telefonino, un caricabatterie per computer con attacco quasi spezzato
- Un libro di poesie denominato *Pigre divinità e pigra sorte*

- Un mazzo di chiavi, presumibilmente di casa
- Alcune chiavi sparse non meglio identificate
- Smalto per unghie di colore definito dalla sospettata «rouge noir, marca Chanel»
- Monete di vari Paesi
- Una manciata di euro
- Una sciarpa
- Un golf
- Un cappello
- Un paio di guanti
- Venti fogli A4 spillati insieme con titolo "copione"
- Un paio di scarpe tacco dodici modello sera
- Sul fondo si evince una poltiglia indistinta formata da tabacco, caramelle squagliate e crema solare fuoriuscita da un campioncino senza tappo.

Peso lordo dieci chili e trecento grammi in totale.

Questa ossessione pesistica ha accompagnato la mia esistenza fin da quando andavo all'asilo, infatti il mio cestino era sempre più grande e pesante di quelli delle altre bambine. Dentro doveva entrare a forza il super-termos con il pranzetto che mamma sfornava in razioni esagerate, sufficienti per sfamare l'intera classe, che ne approfittava allegramente. Una volta ho pianto perché le suore mi hanno sequestrato la *boîte* con le zucchine ripiene di carne: era venerdì e si poteva mangiare solo pesce, in obbidienza ai dettami cattolici; le sorelle mi hanno detto di averle buttate ai gatti, io non ho mai avuto le prove ma sono sicura che se le siano sbafate di nascosto in cucina, alla faccia del peccato mortale. Le mie compagne hanno espresso sincera solidarietà e tanta delusione per il mancato assaggio.

Non mi sentivo a mio agio in quella scuola privatissima, scelta obbligata per le femmine della mia famiglia. Mi dava fastidio l'atteggiamento prostrato delle suorine verso i genitori che elargivano più beneficenza di altri all'istituto. Alla consegna delle medaglie di fine d'anno io prendevo sempre quella di bronzo. Non che la cosa mi toccasse più di tanto, ma, quando mia madre comprese l'andazzo, prima dell'ultimo trimestre della mia terza elementare comprò la nuova madonnina per il cortile di ricreazione. Quella vecchia si era spaccata in due per colpa di una pallonata di un'incredibile potenza calciata da Panetti, la cicciona dell'ultimo banco, l'unica che aveva il cestino più grande del mio. Dopo quel gesto fu costretta a cambiare scuola e tutte noi la salutammo con grande ammirazione.

Inutile dirvi che, grazie alla nuova statuetta di gesso, guadagnai la prima medaglia d'oro della mia vita scolastica e cominciai a capire come girava il mondo, ma non persi l'abitudine di trascinare pesi fuori dalla mia portata. Dal cestino sono passata direttamente alla cartella sulle spalle, che ai tempi non era lo zainetto firmato in fibra spaziale ma una pesante gerla in pelle che le più vanitose volevano con l'apertura rivestita in pelo di cavallino maculato. Non c'erano ancora gli animalisti a proibire certi eccessi e anch'io l'ho voluta così, a tutti i costi. Già senza libri pesava come fosse di piombo e credo sia stata la causa di una postura da montanaro che da allora non mi ha mai più abbandonato.

Altrettanto intrasportabile la mia prima valigia importante per affrontare il viaggio dei diciott'anni: più che un bagaglio, un trasloco. Dovevo rimanere due mesi in Inghilterra, non ero mai stata tanto tempo da sola lontano da casa, vuoi non portare un surrogato di oggetti per vincere il panico da terra straniera e ricreare un microcosmo familiare? È da allora che non azzecco una valigia.

Non è facile preparare i bagagli, so di persone che la sera prima di partire rifiutano qualunque invito: «No grazie, non posso uscire, domani parto presto e devo ancora preparare la valigia!». E l'interlocutore con profonda mestizia, come se fosse stato avvertito di un lutto improvviso, assume un'aria di circostanza e ritira l'invito: «Figurati, ti capisco, non vorrei essere nei tuoi panni».

I panni appunto, si torna sempre lì. Quali ficcare in quel contenitore spalancato con le cinghie slacciate, ingenuamente pronto ad accogliere lo stretto necessario, inconsapevole della valanga che sta per abbattersi sul suo povero goretex? La valigia che ci guarda inerme dal letto fa tenerezza, è destinata a trasformarsi nella vittima predestinata delle nostre insicurezze, un'orda sta per travolgerla e lei resta lì a braccia aperte, innocente.

Dicono che preparare il bagaglio sia un'arte raffinata, ma non ci sono accademie dove insegnano a comporlo, credo si debba avere un talento innato: ci si nasce, con questa attitudine magica a trasformare i maglioni da sci in nuvole leggere da accatastare uno sull'altro senza peso specifico. Ma come faccio a sapere prima che scarpe metterò? Come si può delegare solo a un misero paio di ballerine l'opzione cena al ristorante?? E se facesse molto caldo o invece molto umido??? I terribili ricordi di valigie sbagliate ci assillano la notte prima di partire. Quella volta in Messico che avevo tutto leggero e invece si crepava dal freddo e ho dovuto mettere per una settimana dei pantaloni di Orsetta di una taglia in meno che mi facevano un culo enorme: come dimenticarlo? Da allora la faccio sempre esagerata con tutte le opzioni per ogni minimo cambiamento climatico, compreso il surriscaldamento globale del pianeta.

Prima di uscire di casa per l'aeroporto il mostro a rotelle si staglia davanti alla porta come un mammut, l'esempio vivente in tela e nylon della mia incapacità di affrontare le piccole prove della vita. Sembrano dettagli, eppure è proprio da lì che si giudica il carattere di una persona. Io sono debole e insicura e il mio trolley è la mia radiografia. Il nostro miserevole fardello svela chi siamo più di tanti incubi freudiani.

Una mia amica laureata in bagaglio irreprensibile mi ha insegnato a mettere prima tutto sul letto, bello e piegato, un capo vicino all'altro: così non ti sbagli e non ficchi dentro tre golf neri identici perché al quarto strato hai già dimenticato cosa hai piazzato sul fondo. Infatti funziona. Viene una valigia che è una bellezza, un dipinto di Mondrian con tutti i riquadri geometrici divisi per genere e colore. Avanza pure un mare di spazio, sarebbe non dico leggera ma finalmente umana: purtroppo la vista di tutto quel vuoto eccita la mia bulimia e comincio a cacciarci dentro i famosi oggetti dell'ultimo momento, come la fondamentale lacca ecologica da parrucchiere, lunga come un cannocchiale. Tanto ho già deciso di spedire il bagaglio, così posso riempirlo di liquidi a mio piacimento, compreso l'amico intimo del precedente air spray: il famigerato flacone di shampoo formato risparmio, l'elemento più vituperato dalle guardie aeroportuali, quello che vedete sempre disegnato all'ingresso del check in barrato da un segnaccio rosso e dal simbolo della morte.

Che poi questa storia dei liquidi è avvolta nel più fitto mistero: chi ha dettato le regole di sicurezza aeroportuale deve essere morto o fuggito nel deserto del Gobi, di fatto nessuno riesce più a raggiungerlo per chiedergli specificazioni sulla vaghezza delle sue imposizioni. Alcuni aeroporti inseriscono nella categoria liquidi anche lo stato gassoso, altri sono più comprensivi e ti fanno passare la scatola di bon-bon al liquore, che in effetti ha una quantità totale di liquido superiore al consentito, ma se la dividi per venti cioccolatini si può chiudere un occhio, o no? Ho assistito a interminabili diatribe tra controllori e passeggeri che si trasformavano in membri di una commissione di laurea in Biochimica: «Ma lei lo sa qual è il peso specifico della mozzarella a secco, privata del latte? Bene, me lo deve sottrarre se vuole intavolare questo confronto». Per non parlare del calcolo della densità di un preziosissimo fluido idratante-corpo che una signora di una certa età non aveva nessuna intenzione di lasciare: meglio vendere cara la pelle che vederla seccare. Ho ancora nelle orecchie le grida disumane che ha emesso quando l'hanno separata a forza dal miracoloso flacone. Son cose brutte da vedere. In qualche aeroporto sequestrano persino gli amaretti che, si sa, sono i dolci più secchi sulla faccia della Terra, ma forse sono armi di sterminio improprie e agiscono solo quando ti rimangono in gola: si gonfiano, soffochi e ci rimani sotto.

Ma torniamo alla quantità. Non dimentichiamo che, pesante per pesante, si può sempre pagare l'eccedenza, il temibile *overweight*. A me è sempre capitato, anche quando non me lo potevo permettere. Diciamo che, parafrasando Oscar Wilde, ho vissuto al di sopra delle mie possibilità di peso massimo consentito. Per ovviare a questa spiacevole eventualità vi consiglio di testare prima la valigia sulla bilancia del bagno di casa, sempre se ci riuscite, perché si tratta di un'operazione di una difficoltà estrema e di dubbia precisione. All'inizio si prova con fiducia a piazzare il bagaglio così com'è sulla pedana in questione, ma non c'è posizione che vi permetta di sbirciare la finestrella luminosa con i numeri digitali. Allora si cerca disperatamente di posare la valigia in bilico sul lato più smilzo ma non c'è verso che rimanga in piedi: appena la mollate precipita a terra, cominciando a compromettere il prezioso contenuto stipato con tanto amore. Se invece la trattenete anche leggermente con la mano alterate il peso. Allora cambiate metodo: vi pesate prima voi, e già vi viene il cattivo umore perché era una settimana che non salivate lì sopra e non vi spiegate come ma siete ingrassati tre chili buoni. Ricacciando l'urlo di stupore in gola vi ripesate con la valigia in mano per poi fare la sottrazione e ottenere l'agognata cifra, che naturalmente non rientra nello standard concesso. Quindi si profila l'agghiacciante necessità di toglie-re qual-co-sa. Operazione evidentemente molto più complicata di quella del met-te-re. Riaprire una valigia che era considerata fatta, finita, è una vera maledizione. Lo potete capire dall'angoscia dipinta sul volto dei malcapitati quando vengono catturati a caso dall'hostess di turno per il solito controllo di routine e sono costretti a farlo in pubblico, svelando davanti a tutto l'aeroporto tristi calzini e biancheria intima non proprio ineccepibile.

Non che a casa propria la faccenda sia così allegra.

Ci avevamo messo una vita per chiuderla e ora dobbiamo scoperchiare di nuovo la tomba e stabilire con l'occhio esperto del medico legale da dove cominciare l'autopsia.

I capetti stirati e piegati ti guardano intimiditi: tutti vogliono partire, nessuno rinuncia, inutile cercare un volontario. È doloroso giudicare al primo sguardo, con la gelida attenzione del tagliatore di teste, quale paio di scarpe licenziare su due piedi. Ragionamenti assurdi su fattori meteorologici si intrecciano con variabili sulla comodità e capricci vari.

Ma non se n'esce. Niente viene considerato superfluo, neanche le pantofole di muffola a forma di Cip e Ciop: vuoi mettere il piacere che ti regalano nel momento "relax in albergo", dopo sei ore di marcia forzata di musei e shopping? Neanche quel golfino senza maniche e senza senso viene contestato. Poi, vincendo lo sgomento di non avere più nemmeno un capo fortemente originale su cui contare, con un guizzo di coraggio ci liberiamo di quel pantalone color ramarro, effettivamente di raro utilizzo ma che calza così bene. Proprio sull'uscio di casa, però, ci prende un attacco di panico: eravamo quasi fuori quando un mormorio lontano, quasi un pianto sommesso, ci blocca. È lui, il ramarro, a chiamarvi disperatamente. Come si può abbandonarlo sul letto di una stanza buia e chiusa per vacanze? Bisognerebbe essere senza cuore per non caricarselo, ma lui irriconoscente se ne torna sempre a casa sano e salvo, piegato com'era partito.

Ha visitato mezzo mondo a sbafo, quel maledetto pantalone, e non si è mai reso utile, neanche per una passeggiata domenicale. Eppure è ancora lì che troneggia ai primi posti dell'armadio e appena schiudo l'anta fa di tutto per farsi notare, come lo sconosciuto che sorride alla telecamera che lo inquadra per caso. Ma non posso fare a meno di perdonarlo. Mi calza così bene!

Pigrizia

«Non si gode mai abbastanza di quello che si perde, mai.»
Giorgio Gaber

Io sono veramente pigra. Non so se riuscirò a spiegarvi il livello di questa mia attitudine considerata dal mondo attivo una debolezza, ma da noi recidivi una scelta cosciente. Per semplificare immaginiamo che ci sia anche per la pigrizia una scala Richter da uno a dieci: io sono già arrivata pericolosamente a otto, ma oltre questo scalino bisogna essere dei veri professionisti. Pochi riescono a raggiungere queste vette e assaporare il Nirvana di noi pigri. È solo il senso di colpa che mi ha impedito finora di passare oltre le colonne d'Ercole di questa adorabile inclinazione.

Il primo stadio è quello normale, comune a tutte le persone dal culo un po' pesante che aspettano sempre che qualcun altro si alzi prima di loro, tanto trovate ovunque l'iperdinamico volenteroso che si offre di caricarvi il bagaglio a mano sull'apposita cappelliera. Se volete ottimi risultati senza muovere neanche un dito ricordatevi di procedere sempre con lentezza e fare movimenti impercettibili che scatenano per reazione chimica l'attivismo di chi vi sta accanto. Certo, quando si è da soli tutto risulta più complicato. Non ce la faccio a portare il cane fuori, e lo so, se la sta facendo sotto, mi guarda speranzoso ma io sono troppo stanca per uscire. Eppure me l'avevano detto: «Se ti fai il cane poi diventa una schiavitù», ma pur di andare contro un luogo comune eccomi qui a guardarmi negli occhi con questo cucciolo implorante. Strano che nessuno abbia insegnato ai cani come si usa il bagno di casa di noi umani, gatti già ne ho visti arrampicarsi perfettamente sul servizio igienico e operare, tra l'altro lasciando molto più pulito di un maschio italiano medio.

Ma il vero livello di guardia della pigrizia acuta scatta quando al bagno non ce la fate a portare voi stessi. Di solito succede ai bambini mentre stanno facendo un gioco che li appassiona parecchio, ma capita per gli stessi motivi anche agli adulti se sono nel bel mezzo di un film, di un libro o di una conversazione particolarmente interessante. Purtroppo in questi casi non si può lanciare la frase-mantra del pigro: «Già che sei in piedi, la potresti fare al posto mio?!». Sarebbe magnifico. Ma non è ancora possibile: in futuro inventeranno un'application anche per questa necessità, ma per ora bisogna proprio alzarsi e sbrigarsela da sé.

Questa storia del "già che sei in piedi" è un miserevole escamotage un po' squalificato che viene recepito dal soggetto a cui è rivolto con una certa irritazione, perché sa già come andrà a finire. La vittima designata si rende conto che rimarrà in piedi a lungo, manca sempre qualcosa a tavola: il sale, l'olio, i tovaglioli, la forchetta pulita... Quando finalmente c'è tutto, il questuante, che non si è mai mosso dalla sua comoda postazione, ha ormai finito di mangiare... «Già che sei in piedi, potresti sparecchiare?» Se si appartiene a questa categoria, per ottenere dei risultati positivi è evidente che non bisogna mai sedersi a tavola per ultimi. Ma siamo ancora nel girone dei dilettanti dell'inerzia motoria. Più raffinata e perversa è la pigrizia autolesionista che ti spinge a fare la spesa in un negozio che non ti piace e dove ti trattano pure male solo perché è un po' più vicino dell'altro, sicuramente migliore e a prezzi più ragionevoli. Ma si dà il caso che l'altro sia più lontano. Si tratta di poche centinaia di metri, ma se fosse per voi rischierebbe di chiudere.

Il pigro recidivo vive in un mondo tutto suo, che risponde a regole che possono sembrare insensate viste da una logica sportiva e movimentista, ma perfettamente comprensibili dai suoi simili. Ci sono frasi tabù per gente della mia razza: «Visto che siamo un po' in anticipo, perché non ci facciamo due passi???». Non c'è mai un motivo valido per farsi due passi a gratis, a meno che non te l'abbia ordinato a forza il dottore. Trovo insopportabili tutti quei consigli dettati con severa saggezza dai salutisti di turno: «Basta camminare a passo sostenuto per tre quarti d'ora al giorno e stai a posto!». Sai che scoperta! Lo so anch'io, lo sanno anche i bambini, solo che a me non va, sicuramente non ogni giorno. Sapessi, caro saputello sportivo, quante cose posso fare in tre quarti d'ora allungata sulla mia poltrona preferita... ma è inutile parlare con gente come te, che è capace di fare ginnastica passiva persino alla fermata dell'autobus. Per fortuna non siamo solo dei reietti della società dinamica, abbiamo dei punti di riferimento illustri, dei veri e propri maestri che hanno illuminato con i loro scritti il buio della condizione del pigro irriducibile: «Non so se ultimamente sia successo anche a voi, ma io sto diventando pigro. Ma pigro pigro proprio, nel senso di uscire la sera, di andare al cinema, a teatro, per carità. Purtroppo c'è sempre qualcuno, magari un amico, che ti fa: "Eh no caro, quello lì non lo puoi proprio perdere". Ahi ahi ahi maledizione non lo posso perdere. Ma come non lo posso perdere?». Parole del grande Giorgio Gaber, quasi un manifesto della categoria che ci insegna a librarci felici nella leggerezza di questo nuovo stato che si sintetizza nella frase-chiave per tutte le generazioni a venire: «Non si gode mai abbastanza di quello che si perde, mai».

E qui abbiamo già superato un altro grado della nostra scala ideale della pigritudine che non ha niente a che vedere, ci tengo a precisare, con la famosa accidia, vizio capitale, il più stupido dei sette, che nessuno a scuola di catechismo aveva mai capito che diavolo volesse dire. Ma ha a che fare, secondo il vocabolario, con «inerzia, indolenza dovuta a noia; stato depressivo e torpore malinconico eccetera eccetera». Attenzione, non facciamo il madornale errore di scambiare la sana pigrizia con questa stranissima parola, l'attitudine di cui parlo e di cui sono promotrice non ha nulla da spartire con la noia, anzi: è piena di elettricità mentale, ricca di una staticità mobile, quasi frenetica nel suo stato contemplativo. Prevede addirittura una gioia profonda nel lasciarsi andare ai propri pensieri senza dover per forza connettersi con il mondo e ti permette l'estremo lusso di dedicarti in santa pace ai meravigliosi misteri del vuoto pneumatico.

Non stiamo parlando neppure della più aulica sindrome di Oblomov, che prende il nome dal famoso nobile russo protagonista del romanzo omonimo. Un uomo ben nato che non riusciva a intraprendere nessuna azione o decisione, intrappolato nella sua inanità. Non se ne parla neanche, ma quale inanità? Con tutto il rispetto per il "giovin signore" di San Pietroburgo, la nostra pigrizia non prevede mollezze d'animo o pallide apatie, al contrario vi servirà una forza di volontà granitica per affrontare gli scocciatori seriali che vorrebbero distoglìervi dalle vostre meditazioni. Sarete messi alla berlina, sparleranno di voi, faranno di tutto per convincervi all'ennesima iscrizione in palestra. Non cedete e non curatevi dei detrattori.

Ma per sopravvivere alle critiche bisogna soprattutto sviluppare una spessa corazza contro il nemico più pericoloso di tutti gli aspiranti pigri: il senso di colpa! Sentimento perverso, sempre in agguato, specialmente quando si cerca di percorrere la strada che conduce al nostro benessere personale. Nel tempo mi sono specializzata in questa arte dell'abbandono di ogni remora. Per accontentare le mie oziosità inconfessabili sono arrivata persino a ingannare gli amici: fuga, sparizione, anonimato... ogni arma è concessa. Ho fatto cose brutte in nome di questa adorabile perversione di cui sono schiava.

Non ho risposto al telefono la domenica dopo aver fissato una rigenerante passeggiata all'aria aperta con il gruppo di amici di riferimento. Faccio fatica ad abbracciare le iniziative entusiaste nei giorni di festa, anche se la sera prima davanti a un bicchiere di vino ero d'accordo con tutti per la simpatica scampagnata. Adesso che il sole splende lo guardo con diffidenza dalla finestra, mentre abbraccio un meraviglioso libro appena iniziato e non ho nessuna intenzione di spezzare l'incanto. In questo caso vi potete dare malati, o accusare la vecchia zia di avervi costretto a un improrogabile pranzo in famiglia; attenzione invece a inventarsi guai tecnici, tipo che la macchina non parte o che si è bloccata la porta del garage: potrebbero venirvi a prendere. Lo fanno.

Sicuramente diabolico e definitivo è invece sparire nel nulla, staccare il telefono e inabissarsi nel proprio divano. Più che sdraiati, modellati nel calco che avete scavato nel tempo. Tra cuscini, spalliera e braccioli, ormai si scorge l'ombra della vostra posizione preferita, una tana dove sprofondare per lenire i dispiaceri della giornata, la buca perfetta per ripararsi dalle cattiverie del mondo avvolti nel liquido amniotico della vostra copertina prediletta.

Ognuno ha la sua posizione ideale sul divano. Quella da libro, quella da chiacchiere confidenziali, quella da tv che scivola piano piano nella figurazione definitiva: da sonno semicomatoso, che si raggiunge anche grazie al provvidenziale aiuto di alcuni programmi tv preposti all'uso. Io sprofondo volentieri, mansueta e leggera, e mi dispiace da morire alzarmi poi per andare a dormire. È un'agonia quando ti chiamano con quella insulsa frase: «Ma vieni a letto, che ci fai lì a dormire sul divano?».

Che ci faccio qui a dormire sul divano? Dormo. Accompagnata dal rassicurante ronzio dell'apparecchio tv, un parlottare indistinto di persone che simulano allegria e stupore, gente preposta a portare avanti la baracca del vivere sociale al posto mio. «Ma perché stai lì scomoda?» Ma chi ti ha detto che sono scomoda? Quando insistono posso diventare molto cattiva e indossare lo sguardo di Carrie del film *Carrie – Lo sguardo di Satana*. Anche perché una volta che siete andati a letto, dopo esservi lavati i denti, indossato il pigiama, preso il bicchier d'acqua e ingoiato la pasticca, non avete più sonno e non c'è verso di ricreare quel momento magico.

Comunque la vera pigrizia peccaminosa è quella controtempo. Il pomeriggio verso le quattro inventarsi un malore, una febbre improvvisa e buttarsi a letto con il plaid sulle gambe a guardare *La vita in diretta*, qui siamo già nel peccato grave. Se chiudete le imposte e simulate un notturno si sfiora il sacrilegio. Per accedere a un simile piacere è necessario sgombrare il campo da ogni pentimento. Data la gravità di questa evasione uno potrebbe sentirsi in colpa come un assassino di Dostoevskij, invece per accucciarsi a vedere la "bella del giorno" o rimanere incantati dall'inviata nel salotto di Patrizia Pellegrino non si possono avere ombre sulla coscienza. Bisogna essere puri come un neonato per godere appieno di questa innocente evasione. Meglio ancora simulare, da veri ipocriti, lampi di invidia per chi in quel momento sta sgobbando in redazione o si è precipitato in palestra per un'ora di addominali forzati: «Beati loro!» esclamate a voce alta, sperando che ci siano dei microfoni nascosti nella vostra camera da letto, cimici piazzate dal pubblico ministero ingaggiato dai vostri potenti sensi di colpa, così che gli intercettatori sentendovi sinceramente afflitti archivino la pratica e non vi scoprano mai.

Ma il maestro sublime di ogni perversione in questo campo, colui che è riuscito a elevare la pigrizia a capolavoro d'arte vivente, è stato sicuramente il geniale Carmelo Bene. Al suo cospetto siamo tutti dei neofiti, dei parvenu. L'immenso maestro, che tra l'altro dichiarava di essere apparso alla Madonna, aveva messo a punto la posizione perfetta, direi euclidea, della staticità riflessiva, e raccontò in un'intervista di ricorrere spesso a questa postura che lui considerava ideale per ogni momento della giornata: sdraiati stile triclinio su un letto o divano o canapè, con il gomito appoggiato con decisione per consentire alla mano di sorreggere con agio la testa che deve rimanere reclinata, leggera come un giunco sospinto dal vento. Con l'altra mano invece si può tenere un libro a distanza ideale di lettura. In questa facile combinazione viene sollecitato solo il gomito, l'unica parte del corpo a cui l'artista permetteva di fare ginnastica. Mi esercito spesso in questa specialità che trovo più interessante e salutare del tanto decantato Ashtanga Yoga. Pur di non alzarmi dopo che mi sono sistemata nella figurazione "Carmelo Bene", sono capace di raccogliere la cenere della sigaretta nel palmo della mano se sfortunatamente il portacenere è distante. Anche se poco dopo ho il problema della mano piena e la sigaretta accesa, ormai consumata. Ma posso ancora rimanere sdraiata perché ho collaudato un metodo infallibile per spegnere le cicche appoggiandole delicatamente sul pavimento dalla parte del filtro: se state molto accorti e non fate movimenti bruschi finiscono di bruciarsi da sole e si spengono per consunzione. Fantastico.

Purtroppo anche il computer si sta scaricando e la presa è lontana. La vedo, praticamente dall'altro lato della stanza, ma io non ho voglia di alzarmi, c'è ancora una sottile tacca di batteria, quel tanto di carica che mi basta per chiudere questo capitolo che mi sembra... clic.

Zia

Io auguro a tutti di avere una zia di riferimento. La mia è stata un faro in certe nebbie adolescenziali, quando tutto sembra grigio e il panorama adulto non ci attrae per niente.

Mia mamma era troppo antica, impossibile sceglierla come eroina ideale. Anzi, diciamo che sono cresciuta ripromettendomi di non assomigliarle in nessun dettaglio. Non è bello da dire ma, con tutto l'amore che per fortuna sono riuscita a dimostrarle negli ultimi anni della sua travagliata vita, non c'era modello più lontano dalle fantasie ribelli che si agitavano all'inizio dei famosi anni Settanta. La zia invece aveva occupato a pieno titolo i miei sogni di emancipazione pre-femminista. Alta, fiera, occhi carbone, labbra rosse anche senza rossetto, possedeva alcuni tratti spagnoleggianti di un antico ramo iberico della famiglia che mi illudo di aver ereditato anch'io.

Classe 1919, spirito arguto, intelligenza brillante, è stata tra le prime donne laureate in Architettura nell'Italietta fascista. E anche la prima nella nostra famiglia a rinunciare al divano rococò e a introdurre nel suo salotto di casa gli arredi moderni, prediligendo divani squadrati dai colori accesi, arte astratta alle pareti al posto di quadri scuri con le cornici dorate. Nel suo studio troneggiava l'ultimo modello di giradischi Brionvega, quello che sembra un robot e che oggi è esposto nei musei di design, ma che allora era considerato un oggetto per malati di mente. Tra gli altri primati eccellenti che la proiettano nel mio personale firmamento di eroi non possiamo dimenticare che, scavalcando ogni regola, permetteva al suo cane lupo Topic di salire su letti e poltrone, con grande scandalo dei parenti. Non solo, ma in tempi di oscurantismo moralista, osava dare asilo con allegria a tutti i fidanzati malvisti, alle seconde mogli e agli amanti che negli anni si sono accumulati nella nostra famiglia ex tradizionale. La sua casa era sempre aperta, un rifugio sicuro nel mezzo delle bufere che si scatenavano durante gli amori illegali. Ai miei occhi di tredicenne insoddisfatta era un modello imprescindibile.

La zia si è sposata tardi. «Troppo intelligente per trovare marito» diceva con rammarico il nonno, parole scontate visto che provenivano da un esemplare preistorico di maschilismo antico-romano-post-papalino. La consideravano una causa persa quando, a sorpresa, s'innamorò di un uomo dal cognome straniero, addirittura un armeno: tutti chiusero un occhio pur di farla convolare a ingiuste nozze come da copione. È bella nella foto del suo matrimonio, nell'eterna eleganza della semplicità, senza veli né pizzi, sempre originale come il suo naso. Non a caso il gioiello che preferiva era una collana di coralli rosso fuoco a più giri, una scelta che suonava sinistra e leggermente rivoluzionaria in una famiglia che ammetteva nella categoria preziosi solo pietre dal diamante in su.

Anche lo zio acquisito era all'avanguardia per noi nipoti cresciuti tra preti e orsoline. Non era notaio, né avvocato o ingegnere, le poche professioni consentite dal nonno per accedere al ruolo di capofamiglia. Per la verità non si è mai capito bene che lavoro facesse: leggeva libri in francese, fumava sigarette senza filtro e negli anni Sessanta aveva intuito, sicuramente in anticipo sui tempi, che il mercato del futuro si sarebbe spostato in India e in Cina. Cominciò a viaggiare con piglio scientifico per tutto l'Oriente, cercando con entusiasmo di aprire relazioni commerciali con Paesi per noi lontani ed estremamente esotici. Conservo un ritaglio di una pagina ingiallita del «Calcutta Times» che lo ritrae con una corona di fiori di frangipane mentre il ministro dell'Economia indiano gli dà il benvenuto sulla scaletta dell'aereo, non a caso lo zio per noi era più illustre di un capo di Stato. In realtà provava a vendere medicine e cuscinetti a sfera e voleva importare dalla

Cina macchine di movimento terra. Ogni volta che tornava in Italia portava con sé elefantini di legno di ogni dimensione, pesanti Buddha di bronzo e tutto il sancta sanctorum delle divinità hindu. Soprammobili considerati oltremodo eccentrici specialmente se collezionati al posto della classica argenteria che spadroneggiava sui nostri trumeau.

Questi erano gli zii da cui volevamo sempre andare a rifugiarci quando il mondo ci crollava addosso. Ma purtroppo è stato il mondo a precipitare sulle loro spalle. La zia progettava, arredava e dipingeva quadri moderni schizzati di rosso e di giallo, ma i sogni commerciali e gli investimenti azzardati del marito l'hanno costretta a fronteggiare fallimenti a raffica. Eppure lei non si è data per vinta, ha messo da parte il tavolo da disegno, si è venduta tutto tranne la collana di coralli e, nello stupore generale, ha trovato lavoro come commessa in un elegante negozio del centro.

Mia sorella scuoterebbe la testa e direbbe «capo commessa»: perché non ha mai accettato i continui e improvvisi rovesci economici della mia famiglia e cerca di addolcire gli avvenimenti più crudi. Mia sorella grande è una donna forte e volitiva, quasi granitica nelle sue scelte, una colonna portante per marito, figlie e nipoti. Ma quando si tratta di affrontare il nostro passato familiare diventa tenera come un giunco. Tanto che in certi brevi momenti molto delicati io mi trasformo in sorella maggiore e lei nella piccola di casa. È la parte meravigliosa e inspiegabile di essere parenti stretti.

Insomma, non so se la zia fosse direttrice del piano abbigliamento o no, ma il portamento elegante e i modi regali la facevano sembrare la padrona del negozio. Io ci andavo con la mamma per comprare con lo sconto i cappotti per l'inverno. Un po' mi si stringeva il cuore a vederla così declassata, ma la zia era tanto serena e spiritosa che il nostro imbarazzo era meschino e fuori luogo.

Alla fine riuscì persino a metter su una boutique tutta sua nel centro di via Veneto, dove ancora aleggiava un lontano profumo di dolce vita, e io lavoricchiavo da lei durante l'università per tirare su un po' di soldi scopo vacanze. Ho esordito attaccando dei quadratini adesivi sopra le etichette dei vestiti, dove scrivevo più chiaro possibile, così mi avevano ordinato, il prezzo e la taglia. Non era un'occupazione particolarmente creativa ma si poteva fare in automatico e intanto pensare ad altro, per esempio alle mete dei prossimi viaggi con il solito sgangherato e insostituibile gruppo di amiche. Ogni adesivo un pezzetto di biglietto aereo in più: una volta non c'erano i low cost e dovevamo accontentarci dei charter, che partivano comunque a orari impossibili.

Dalle taglie sono passata alla vendita grazie a una provvidenziale malattia dell'affidabile commessa, signorina Linda, e ho scoperto così di avere un certo talento per affibbiare gli scarti di magazzino e la merce che rimaneva sul groppone. Un'assurda parlantina nel mio inglese improvvisato mi faceva andare forte con gli stranieri, clientela semivenerata nel negozio: all'epoca eravamo ancora più Terzo Mondo di adesso e il dollarone picchiava forte. I più ambiti erano, come sempre, i petrodollari che provenivano dagli uomini d'affari arabi, ospiti negli alberghi a cinque stelle che spacciavano un po' di nostalgia felliniana. C'erano giornate drammatiche, dove non entrava un cane, al massimo la pazza del quartiere per fare due chiacchiere e rimediare qualche spicciolo.

Ma all'improvviso, di solito verso la chiusura, poteva avvenire il miracolo e appariva lo sceicco. Io e zia ci scambiavamo quel famoso sguardo d'intesa che in un lampo voleva dire: «Questo non esce se non si è comprato mezzo negozio, ché non solo ci facciamo la giornata di oggi ma l'intera settimana». Ci sono occhiate fameliche che riescono a sintetizzare interi discorsi. In queste occasioni importanti mi veniva richiesto di indossare i vestiti e sfilare nell'unico spazio libero tra lo specchio e la cassa, e percorrevo questa passerella di due metri scarsi mentre il nostro pollo da spennare annuiva soddisfatto commentando ogni modello. Un abito per la moglie, uno per la figlia e... «Non vogliamo portare niente alla nuora? Sarebbe un'offesa grave! Certo, anche la versione in rosso è molto originale, perché non comprarli tutti e due? Se torna domani non lo ritrova, sono quasi finiti. Sono andati a ruba, le italiane li adorano. Ma per sua mamma non compra niente? Ma sì, abbiamo anche taglie grandi, mi faccia vedere con le mani. Così grande? Be', con una 56 dovremmo farcela, avrei di sotto un tailleur verde-amaranto...» Era il classico capo morto-vivente abbandonato da anni nella cantina degli orrori, insieme ad altri fondi di magazzino rimasti invenduti, zavorra economica che ogni negoziante si sogna la notte.

Per la vendita insperata del tailleur verde-amaranto taglia 56, ho guadagnato una gratifica particolare dalla zia e un applauso a scena aperta. Con quei soldi sono andata in Grecia con Marcellina, Letizia e Valentina, coetanee diciottenni in strano assembramento. Una alta, una bassa, una roscia e una mora, due tettute e due no, ma nell'insieme un gruppo memorabile. Alla zia mandavo cartoline entusiaste con il Partenone e altri siti archeologici che lei, appassionata di storia dell'arte, mi aveva fortemente consigliato di visitare, ma che noi avevamo frequentato solo in fotografia perché passavamo tutto il tempo stese al sole nei nostri primi tentativi di naturismo. Cercavamo di essere all'altezza di quella freakettoneria internazionale, ma nelle spiagge italiote non avevamo mai visto tutti quei piselli al vento e così ora ci toccava necessariamente passare il tempo tra votazioni e giudizi. (Ma questo sarebbe stato troppo da raccontare, perfino per la zia di riferimento.)

Stavamo sempre nude eppure avevamo portato dei sacchi ingombranti, esagerati. Valentina in particolare aveva sbagliato totalmente lo zaino: era pesantissimo, non adatto a un viaggio avventuroso nelle isole del Peloponneso. Abbiamo scoperto, spiando di nascosto nel suo bagaglio, che tra le altre cose si era portata un abito lungo di paillettes, due paia di scarpe con i tacchi alti e una cappa di velluto(!). Forse sperava di incontrare l'uomo della sua vita e non voleva farsi trovare impreparata per l'appuntamento decisivo. Ma purtroppo era reduce da un incidente in motorino e non poteva caricarsi pesi eccessivi, quindi eravamo costrette a sobbarcarci noi quel maledetto ingombro. Solo oggi confesso pubblicamente che a buttare la sua preziosa mise dall'alto di una scogliera giù nel mare trasparente siamo state proprio noi della comitiva. Spero almeno che una bella sirena l'abbia trovata per l'incontro con il suo principe. A lei, mentendo, abbiamo detto che sicuramente i colpevoli del furto erano certi greci poco raccomandabili che avevamo visto ronzare intorno allo stabilimento, e l'abbiamo trattenuta a stento dallo sporgere denuncia.

La zia è morta da poco. Aveva appena compiuto novantadue anni. Alla festa del suo ultimo compleanno ci raccontava che era stanca e che voleva scoprire com'era di là. Ormai non ci vedeva quasi più ma, non so come, mi criticava sempre le scarpe che indossavo in televisione. Forse, conoscendomi, le intuiva. Ci ha lasciato in eredità un anello con un enorme brillante. L'aveva tenuto nascosto per pagare le spese del suo funerale, era riuscita a non venderlo neanche nei momenti di grande difficoltà perché non voleva pesare sulle nostre spalle per l'ultimo saluto. Un classico pensiero alla zia Lella.

Mentre vegliavamo la bara con zietta ben composta all'interno, in uno dei suoi più smaglianti vestiti a fiori, tra lo stupore generale una voce meccanica e impersonale ha annunciato: «Sono le ore diciassette!». Era il suo orologio parlante, accessorio indispensabile per chi ha difficoltà con la vista. Ci è venuto da ridere di gusto. Era lo spirito beffardo e giocoso della zia che ci salutava, impedendoci di prendere troppo sul serio anche la sua morte.

Grazie per quella volta

Metti una sera a cena in un elegante ristorante di Milano, discreto, soffuso, ovattato con tutta l'ovatta che un architetto può riuscire a ficcare in un progetto... quei posti che quando entri sei costretto a dire: «Però, è accogliente». Un tavolo da sei, dove si riesce a conversare nonostante il trionfo di candele a centro tavola.

Tra i commensali c'è anche una ragazza di Roma che si è vestita di scuro per dare meno nell'occhio: le donne di Roma stanno sempre un po' in ansia al Nord, sanno di non essere ben viste: antiche leggende che parlano di un esubero di bigiotteria, volant e colori accesi le perseguitano da sempre. (Eppure io una volta ho visto una ragazza di Milano truccata eccessivamente che urlava forte: «Pirla!» al barista. Forse era figlia d'immigrati, dicono che i veri milanesi non esistono più.)

Nessuno ha ordinato il primo, sperando di dimagrire, ma si stanno abboffando tutti di pane e grissini perché gli antipasti, come spesso succede nei posti ovattati, risultano simpatici ma troppo sobri. Ecco che, proprio in vista del secondo, avviene qualcosa d'inaspettato. Dal fondo della sala si alza un signore: un bell'uomo sulla cinquantina, appena brizzolato, giacca di ottimo taglio e camicia con cravatta lenta sul collo, tipica categoria fico *dégagé* che sa il fatto suo. La parte femminile del tavolo si guarda compiaciuta, almeno è stato scelto un locale dove non viene urtato il senso estetico delle signore, già messo a dura prova ogni giorno da tatuati, gellati e bullonati.

All'improvviso, senza alcun motivo apparente, la traiettoria dell'uomo, che mirava l'uscita, prende una deviazione laterale e si dirige verso il tavolo con la ragazza romana, cioè io. Viene da questa parte, anzi tra lo stupore e l'invidia generale punta proprio me, è inequivocabile. Vorrei seppellirmi, non lo conosco, cosa vorrà da me questo fico cinquantenne ben conservato? Lo guardo meglio, è un ex maschio alfa, un po' ciancicato ma ancora in attività: una specie protetta, quasi in via d'estinzione, visto che i suoi coetanei sono spesso danneggiati da amarezze personali, fallimenti autoinflitti e colesterolo fuori controllo.

Il bellimbusto in avvicinamento comincia ad aprire piano piano un sorriso, come se avesse in mano un poker servito. Troppo tardi per scappare o sprofondare, meglio cercare di capire, individuare, catalogare. Metto il mio cervello sotto sforzo, ogni emisfero è in tumulto, i dati e le informazioni del settore memoria si muovono all'impazzata come in un formicaio scoperchiato, la corteccia è in fiamme, in particolare il compartimento dedicato a persone, parenti e conoscenti sta andando in tilt.

Dall'archivio mnemonico mi vengono mostrati cento identikit al secondo ma nessuno corrisponde al brizzolato che non deve chiedere mai. Scatta l'allarme rosso. Un barlume di speranza si accende in presenza di un ritratto molto somigliante che mi viene sottoposto dal settore morphing: forse non lo sapevate, ma tutti noi possediamo questa applicazione che si mette in moto quando l'adrenalina è al massimo. Purtroppo i miei faldoni mentali sono in grave disordine e la foto in questione risulta appartenere a uno zio defunto ormai da dieci anni. Considerazione di un nanosecondo: «Però! Era un bell'uomo, non me lo ricordavo!».

Le mie sinapsi sono allo stremo quando lo sconosciuto arriva proprio davanti a me.

Chinandosi leggermente mi prende la mano, o forse sono io che gliela consegno ormai sottomessa all'impatto. In quell'attimo mi sembra, anzi sono sicura, che tutto il ristorante sia andato in funzione fermo fotogramma: forchette a mezz'aria, camerieri freezzati con tovaglioli volanti, mentre un occhio di bue apparso dal nulla illumina solo le nostre mani che si sfiorano come nel famoso affresco della Cappella Sistina. Poi di botto la vita riprende e lui scandisce con tono suadente queste poche parole: «Grazie-per-quella-volta!».

E se ne va.

Le mie amiche hanno gli occhi sgranati e un piccolo oblò al posto della bocca. «Grazie per quella volta?» Di quale volta stiamo parlando e io che c'entro? Inutile cercare di spiegare ai miei commensali che non ricordo nome, provenienza, professione né alcun segno particolare del signore in questione. Vuoto. Nero. Nulla. Eppure il suo tono era così confidenziale da far pensare a una certa intimità. Non dico a una frequentazione assidua ma sicuramente a qualche incontro, di cui uno almeno memorabile, "quella volta" appunto, pronunciata con toni vellutati, dove io mi sarei distinta in qualcosa di buono, di edificante o meglio ancora, come insistevano le mie amiche, di fortemente sessuale. Non ho fatto niente per dissuaderle, sarebbe piaciuto anche a me ricordare qualche dettaglio pruriginoso, ma a quel punto avevo in testa solo un'immagine grigia, disturbata, con tanto di monoscopio da fine trasmissioni.

Lo confesso, io non ricordo nulla.

Rare tracce, ombre informi si affollano confuse, luoghi nebbiosi, volti sorridenti conosciuti una volta e poi dissolti per sempre. In compenso non ho dimenticato nessun dettaglio del volto di Abramo, il portiere del mio condominio da ragazzina, che era pure antipatico visto che ci impediva di giocare a pallone nel cortile. Per il resto foto sfocate, poltiglia. Ricordo a fatica il mio numero di cellulare, uno sforzo peraltro inutile visto che non mi chiamo spesso.

Non è nulla di grave o fortemente patologico, solo una nube fumosa che ricopre nomi, numeri, fatti e persone della mia vita. Mi dicono che sia normale, specialmente se si è vissuta un'esistenza ricca di incontri, spesso forzati da un lavoro molto esposto al pubblico.

Mi hanno spiegato che il cervello va in modalità autodifesa: poiché non possiede uno spazio illimitato nel suo hard disk, resetta naturalmente informazioni che non ritiene utili. Ma il problema è che il mio cervello decide di testa sua ciò che è da buttare, non c'è mai stato un confronto amichevole o una franca discussione tra conscio e inconscio, né mi sembra di aver mai subìto un trauma così notevole da farmi rimuovere vagonate di vissuto. Tutto scorre nella banalità, tra gli alti e bassi di una vita media, solo un po' più affollata del normale. Allora perché le mie cellule cerebrali non ritengono importante ricordare "quella volta" con il bel signore brizzolato mentre hanno trattenuto per sempre il portiere Abramo e la sua divisa gallonata grigio topo? Chi gliel'ha detto? Da chi prendono ordini? E soprattutto: dove sono finiti tutti gli altri ricordi? Pare che non esista nessuna raccolta differenziata delle informazioni né una discarica abusiva dove un giorno io possa ripescare questi ricordi radioattivi.

Ormai è certo, viviamo sotto la dittatura dei nostri neuroni. Qualsiasi computer da due soldi, anche comprato al discount sotto casa, è meno perfido del nostro cervello. Infatti su qualsiasi pc, prima di un'eliminazione di dati, appare sempre quella salvifica scritta: «Cancello ora?», seguita a volte dalla pleonastica: «Sei proprio sicuro sicuro? Proprio ora e per sempre?». È inutile che poi corri dal tuo amico che è un mago nel recuperare memorie perdute, se hai schiacciato «Yes» sei fregato, ma almeno ti aveva avvertito.

Io questo tasto nella mia testa non l'ho mai trovato.

Secondo Joshua Foer, che ha studiato per anni la materia, una traccia di tutto quello che abbiamo visto e vissuto rimane per sempre da qualche parte nella nostra mente. Ma in quale parte? Forse c'è un soppalco, una cantina segreta dove si rifugiano questi ricordi clandestini, o è meglio credere alla teoria che ci racconta che sono scomparsi per sempre come lacrime nella pioggia? Vi confesso che ho letto avidamente il suo libro *L'arte di ricordare tutto*, ma al secondo capitolo avevo già dimenticato il primo. Troppo complicati e macchinosi tutti quei sistemi da scacchisti e matematici che ci aiutano a tenere in allenamento questo organo misterioso che viene paragonato a un qualsiasi altro muscolo del nostro corpo: ma se io non ho mai amato gli addominali e il footing, come posso appassionarmi alla ginnastica mentale? Anche se non si suda, è pur sempre un'attività che necessita di una sterminata forza di volontà, requisito che io non ho mai posseduto. Sono allergica ai giochini mnemonici e da tempo mi sono rassegnata al mio cervello ribelle, ne assecondo tutti i capricci e non mi oppongo alle sue scelte bizzarre che prevedono improvvisi lampi di memoria nel pieno della notte, quando è ormai inutile sapere che la vecchia dottoressa di base si chiama Daniela Turini e il nome del coprotagonista maschile di *Colazione da Tiffany* è George Peppard. A chi comunicare, alle quattro di mattina, la gioia infinita per queste schegge riemerse dalle caverne cerebrali? Da quale lobo saranno arrivate? Si dice che il destro sia adibito alla creatività, ma nessuno ci ha capito ancora niente...

Ora ho deciso di fare pace con le mie amnesie a macchia di leopardo, specialmente dopo aver letto il racconto di Jorge Luis Borges *Funes, o della memoria* in cui il protagonista è ossessionato da una memoria esagerata che trattiene tutti i dettagli più insignificanti della sua vita e non gli permette di dimenticare gli episodi più dolorosi. Funes ci insinua il dubbio che l'essenza di ciò che ci rende umani vada cercata nell'oblio e non nel ricordo.

Questa sentenza di estrema saggezza andrebbe insegnata a forza a certi individui pessimi, delle brutte persone che si aggirano per le città e ti sorprendono di soprassalto con quella arcinota, sadica frase:

«Ciao, ti ricordi di me?».

Eccola, è questa la combinazione lessicale che non vorremmo mai sentire, quasi sempre pronunciata da un volto a noi sconosciuto.

«Eddai, non ti ricordi di me?»

Io muta penso: "No che non mi ricordo di te, imbecille, e tu lo sai benissimo e te ne approfitti!".

«Eh? Eh?? Eh??? Ti ricordi? Chi sono? Dai, dai!»

"Dove ti ho visto, canaglia? Sicuramente eri in classe con me alle elementari, o alle medie, erano tutti particolarmente brutti alle medie, i maschi..."

«Dai, guardami, ma può essere che non ti ricordi di me? Dai...»

"Come pensi che possa ricordarmi di te, deficiente, sai quante persone ho incontrato da allora? Non so in che vita ti sei inutilmente trascinato ma deve essere stata molto meschina se vai in giro sperando d'incontrare qualcuno che ha avuto la sfiga di condividere con te un anno scolastico o forse due, erano due? Ora bluffo..."

«Certo che mi ricordo... Sei uguale! Eravamo...»

"E dai aiutami, infame, lo vedi che sto cercando un'ancora di salvataggio..."

«Eravamo? Dove? Dai, ti ricordi, vero? Dove, dai, di me ti ricordi?»

"Ma allora lo fai apposta, ti pagano per seminare ansia e sensi di colpa, sei una bomba inesplosa tra noi derelitti del partito dell'oblio... Ora mi butto..."

«Eravamo a scuo...»

«No, ma che scuola?! Allora non ti ricordi di me...»

«Ma sì, dicevo dopo scuola... Perché tu eri amico di...»

"E forza sputa un nome, che ti costa, ormai mi hai in pugno! Almeno patteggiamo una resa dignitosa..."

«Amico di? Amico di? Allora ti ricordi di me?? Dai, dai...»

"Hai vinto. La figura di merda ormai l'ho fatta, cosa vuoi di più, vuoi proprio il cappotto?"

«Dai, dai, dai...»

"Dai che? Idiota, avrai la mia età ma ne dimostri il doppio! Eppure io ti conosco, questa faccia mi dice qualcosa: occhi a palla, indimenticabili... Forse un'estate al mare, stesso stabilimento? Provo con la lusinga..."

«Sì che mi ricordo, eravamo al mare, è che sei così dimagrito che...»

«No, allora non ti ricordi di me, io sono ingrassato...»

«Ingrassato *ora*, ma *prima* eri dimagrito, quando ci siamo incontrati l'altra volta... l'anno scorso... Sei tu che non ti ricordi, bello mio.»

"A volte il contrattacco funziona..."

«Ma è impossibile, l'anno scorso quando? Sono appena tornato dopo dieci anni di legione straniera!»

"Mi arrendo. Allora sai che ti dico? Non solo non mi ricordo di te, ma voglio cancellarti totalmente dalla mia memoria. Non voglio che anche solo una mia sinapsi sia occupata abusivamente da un pusillanime come te!!! Non ti permetto di albergare indegnamente in una cellula mnemonica degna di miglior causa come il numero di un carro attrezzi o di un idraulico. Mi arrendo e ti odio con tutte le mie forze. Sappi che sei stato scaricato dal mio cervello come un rifiuto tossico."

«Eddai, ti ricordi di me?»

Si uccide per molto meno.

P.S. Al signore di «Grazie per quella volta». Qualsiasi cosa io abbia fatto... se legge oggi queste pagine non si faccia vivo, non mi cerchi mai, né a casa né tantomeno su Facebook. La prego, mi lasci nel mistero di quel nostro incontro che potrebbe nascondere una torrida notte d'amore – o anche semitorrida, visto che non ricordo nulla. Rimaniamo sconosciuti, meglio l'oblio, piuttosto che scoprire di esserci incontrati a un meeting su "Media e Comunicazione", quando lei ha perso il portafoglio e io gliel'ho ritrovato sotto la sedia.

Grazie per quella volta...

... ad Antonio Tabucchi, che mi ha fatto conoscere la dolcezza della *saudade*.

Sommario

Magna!	9
Le cose	21
L'interpretazione dei sogni senza Freud	37
Io piango	45
Tempo sospeso	53
Tristesa	65
Figlie di un Woodstock minore	81
I vecchi	89
Vita d'albergo	101
Mademoiselle Ramazzini	111
La morte	127
Coppie vs single (e viceversa)	141
La noia	155
Black is black	165

Un pesante fardello 177
Pigrizia 195
Zia 209
Grazie per quella volta 221

Grazie per quella volta... 235

Finito di stampare nel mese di aprile 2012 presso
presso Grafica Veneta S.p.A., Trebaseleghe (PD)
Printed in Italy